Fabian Lenk
Die Zeitdetektive
Freiheit für Richard Löwenherz

Fabian Lenk

Die Zeitdetektive

Freiheit für
Richard Löwenherz

Band 13

Mit Illustrationen von Almud Kunert

Ravensburger Buchverlag

Bibliografische Information Der Deutschen Nationalbibliothek

Die Deutsche Nationalbibliothek verzeichnet diese Publikation in der
Deutschen Nationalbibliografie; detaillierte bibliografische Daten
sind im Internet über **http://dnb.d-nb.de** abrufbar.

1 2 3 4   11 10 09 08

© 2008 Ravensburger Buchverlag Otto Maier GmbH
Umschlag und Innenillustrationen: Almud Kunert
Lektorat: Jo Anne Brügmann

Printed in Germany

ISBN 978-3-473-34532-8

www.ravensburger.de

Inhalt

Kim, Julian, Leon und Kija – die Zeitdetektive

Die schlagfertige Kim, der kluge Julian, der sportliche Leon und die rätselhafte, ägyptische Katze Kija sind vier Freunde, die ein Geheimnis haben …

Sie besitzen den Schlüssel zu der alten Bibliothek im Benediktinerkloster St. Bartholomäus. In dieser Bücherei verborgen liegt der unheimliche Zeit-Raum „Tempus", von dem aus man in die Vergangenheit reisen kann. Tempus pulsiert im Rhythmus der Zeit. Es gibt Tausende von Türen, hinter denen sich jeweils ein Jahr der Weltgeschichte verbirgt. Durch diese Türen gelangen die Freunde zum Beispiel ins alte Rom oder nach Ägypten zur Zeit der Pharaonen. Aus der Zeit der Pharaonen stammt auch die Katze Kija – sie haben die Freunde von ihrem ersten Abenteuer in die Gegenwart mitgebracht.

Immer wenn die drei Freunde sich für eine spannende Epoche interessieren oder einen mysteriösen Kriminalfall in der Vergangenheit wittern, reisen sie mithilfe von Tempus dorthin.

Tempus bringt die Gefährten auch wieder in die Gegenwart zurück. Julian, Leon und Kim müssen nur an den Ort zurückkehren, an dem sie in der Vergangenheit gelandet sind. Von dort können sie dann in ihre Zeit zurückreisen.

Auch wenn die Zeitreisen der vier Freunde mehrere Tage dauern, ist in der Gegenwart keine Sekunde vergangen – und niemand bemerkt die geheimnisvolle Reise der Zeitdetektive …

100.000 Silbermark

„Ich sag euch, Jungs, es war der Hammer!", rief Kim. „Schade, dass ihr nicht dabei wart."

Es war Montagmorgen, und Julian, Kim und Leon liefen durch die verwinkelten Gassen ihres hübschen Heimatstädtchens Siebenthann zur Schule. Wie immer waren sie spät dran.

Leon brummelte irgendetwas vor sich hin. Er hatte schlechte Laune. Wie so oft an Montagen. Das Wochenende war eindeutig zu kurz gewesen. Und in der ersten Stunde stand Mathematik auf dem Programm. Nicht gerade ein Fach, das Leons Laune heben konnte. Außerdem musste er morgen eine wichtige Klassenarbeit schreiben. Eine Sportstunde wäre Leon jetzt lieber gewesen. Oder Geschichte.

„Ein solches Fest hat es wirklich in sich!", sagte Kim gerade. Sie hatte gestern mit ihren Eltern ein Mittelalterspektakel besucht, das sie sehr beeindruckt hatte. „Da war eine richtige kleine Zeltstadt aufgebaut. Man konnte vielen verschiedenen Handwerkern zuschauen.

Zum Beispiel einem Waffenschmied, der ein *Ketten-hemd* gefertigt hat. Oder einer Frau, die dabei war, Körbe zu flechten. Zwischen den Zelten wimmelte es von Rittern. Aber am besten war eindeutig der *Troubadour*."

Leon schaute Kim an. „Trouba – was?"

„Trou-ba-dour", erwiderte Kim gedehnt. „So nannte man die Sänger im Mittelalter."

Gelangweilt winkte Leon ab. „Ach so …"

Kim blieb stehen. „Wie – ach so?"

„Na ja, klingt nicht sehr spannend", sagte Leon. „Ein Typ, der irgendwelche Liebeslieder von sich gibt. Gab's wenigstens ein Ritterturnier mit coolen Kämpfen?"

Kim verzog das Gesicht, während sie weiterging. „Mann, Leon, das Mittelalter bestand doch nicht nur aus Schlachten und Turnieren."

„Weiß ich doch, aber das ist so ziemlich das Spannendste in dieser Zeit, wenn du mich fragst", erwiderte er mit leuchtenden Augen. „Bei einem solchen Turnier hätte ich auch gern mal mitgemacht!"

„Na klar", spottete Kim. „Ritter Leon, der Lustige. Der, der immer als Erster vom Pferd purzelt."

Leon knuffte sie spielerisch in die Seite. „Länger als du hätte ich mich allemal im Sattel gehalten!"

„Wohl kaum", entgegnete Kim lachend. „Aber zurück zum Troubadour. Der war wirklich fantastisch. Diese Stimme …"

„Alles Weicheier", sagte Leon trocken. „Wer im Mittelalter zu feige war, ein Schwert zu halten, hat gesungen. Vielleicht so schief, dass er die Feinde in die Flucht geschlagen hat. Dann war so ein Sänger doch zu etwas nütze."

Nun boxte Kim Leon. „Du hast wirklich überhaupt keine Ahnung!"

„Hört auf", sagte Julian, der bisher schweigend zugehört hatte. „Es waren garantiert nicht alle Sänger feige, Leon."

„Ach? Woher willst du das denn wissen?", fragte sein Freund.

Jetzt hatten sie das Schulgebäude erreicht. Von allen Seiten strömten andere Schüler heran.

„Es gibt da eine Sage", berichtete Julian seinen Freunden. „Sie handelt von einem sehr mutigen Troubadour. Er hieß *Blondel*."

Kim schaute Julian neugierig an. „Blondel? Nie gehört. Wer war das?"

Doch Julian schüttelte den Kopf. „Ich habe mal was über ihn gelesen, kann mich aber nicht mehr genau daran erinnern."

„Wir könnten in unserer Bibliothek nachschauen", schlug Kim vor. „Gleich heute Nachmittag."

„Ich bin dabei", sagte Julian.

„Von mir aus", murmelte Leon.

Nach der Schule hatte sich Leons Laune zum Glück entschieden gebessert. Dazu hatte unter anderem die Geschichtsstunde bei seinem Lieblingslehrer Tebelmann beigetragen.

Jetzt betrat er gerade zusammen mit Kim und Julian das Benediktinerkloster St. Bartholomäus, ein düsteres, geheimnisvolles Bauwerk aus dem Jahr 780 nach Christus. Begleitet wurden die drei Freunde von der ungewöhnlich schönen goldbraunen Katze Kija.

Julian lief voran in die uralte Bibliothek, die heute wie an jedem Montag geschlossen war. Aber Julian hatte ja einen Schlüssel zum Reich der Bücher.

Wenige Minuten später hockten Kim und Julian an Lesepulten und wälzten Geschichtsbücher über das Mittelalter.

„Glaubt ihr wirklich, dass dieser Blondel den Historikern ein paar Zeilen wert war?", fragte Leon nach einer halben Stunde. Er beteiligte sich nicht an der Recherche, sondern spielte lieber mit Kija Fußball. Ein zusammengeknülltes Stück Papier fungierte als Ball.

„Klar", sagte Kim gedankenverloren. „Hier habe ich es auch schon."

Julian kam zu ihr. „Zeig mal!"

„Da steht etwas über Blondel – und *Richard Löwenherz*!", sagte Kim überrascht und deutete auf eine Stelle mitten auf der Seite.

„Der berühmte englische König Löwenherz? Der König mit dem magischen Schwert *Excalibur*? Was hat denn der mit diesem Sänger zu tun?", fragte Leon. Jetzt war auch sein Interesse geweckt.

„Also", begann Kim. „Hier steht, dass Löwenherz auf dem Rückweg vom Dritten Kreuzzug, der von 1189 bis 1192 dauerte, am 21. Dezember 1192 in Österreich festgenommen wurde."

„Festgenommen? Wie ein Verbrecher? Das ist doch unglaublich!", rief Leon dazwischen.

„Ja, klingt seltsam. Aber so war es offenbar", erwiderte Kim und las vor: „Löwenherz hatte den Kreuzzug mit Erzherzog *Leopold V.* geführt. Nach der Erstürmung der Stadt *Akkon* soll Löwenherz den Erzherzog um seinen Anteil an der Beute geprellt haben. Wütend reiste Leopold V. nach Österreich zurück. Als Löwenherz später durch sein Gebiet zog, ließ Leopold ihn festnehmen. Da aber ein Erzherzog wie Leopold einen König nicht festhalten durfte, tat sich Leopold mit dem deutschen Kaiser *Heinrich VI.* zusammen. Der Kaiser versteckte Löwenherz auf der auf dem *Sonnenberg* gelegenen Reichsburg *Trifels,* um ein hohes Lösegeld zu erpressen."

„Unglaublich!", stieß Julian hervor. „Wie war das denn möglich?"

Kim vertiefte sich wieder in den Text. „Natürlich haben der Erzherzog und der Kaiser einen anderen Grund für die Verhaftung vorgeschoben. Sie behaupteten, dass Löwenherz beim Kreuzzug mit dem Feind zusammengearbeitet habe, also sozusagen ein Verräter gewesen sei. Aber Kaiser Heinrich VI. hatte scheinbar noch ein anderes Motiv, wie hier steht. Der Kaiser hatte Ärger mit aufmüpfigen Fürsten, die wiederum mit Löwenherz einen Pakt geschlossen hatten. Und solange Löwenherz in der Hand des Kaisers war, konnte dieser davon ausgehen, dass die Fürsten ruhig blieben."

„Löwenherz als Faustpfand …", sagte Leon leise.

Nachdenklich sah Kim ihn an. „Ganz genau." Dann überflog sie mehrere Absätze. „Oh Mann, wisst ihr, wie hoch das Lösegeld war, das für Löwenherz gezahlt worden sein soll?"

„Nein, woher?"

„100.000 *Silbermark*!", rief Kim. „Hier steht, dass die Zahlung Löwenherz' Reich an den Rand des Bankrotts brachte!"

„Wirklich eine irre Geschichte", gab Leon zu. „Aber was hat jetzt euer ach so mutiger Troubadour Blondel mit dem Fall zu tun?"

„Auch das steht hier", rief Kim aufgeregt. „Blondel war ein enger Freund von Löwenherz. Nach seiner Festnahme war zunächst nicht bekannt, an welchem Ort Löwenherz festgehalten wurde, und so machte sich

Blondel auf die Suche nach seinem Freund. Er zog von Burg zu Burg und sang Lieder, die nur er und Löwenherz kannten. Und eines Tages, so die Sage, kam Blondel zur Burg Trifels beim Städtchen *Annweiler*. Die Burg liegt übrigens im *Pfälzer Wald*. Dort stimmte der Sänger ein Lied an – und plötzlich sang ein anderer die zweite Strophe: Löwenherz, der Blondel gehört hatte. Jetzt wusste Blondel, wo sein König festgehalten wurde. Es gibt überlieferte Schriften, in denen behauptet wird, dass Blondel mit Verbündeten die Burg gestürmt und Löwenherz befreit hat. Anderen Quellen zufolge hat er die Verhandlungen um die Freilassung geführt." Kim lachte auf. „Seht ihr: Blondel war ein Held!"

Doch Leon war noch nicht überzeugt. „Na, ob das alles so stimmt?"

Kim überflog noch einen weiteren Absatz. „Jedenfalls kam Löwenherz am 2. Februar 1194 frei. Er war also über ein Jahr in Haft. In dieser Zeit wurde England von seinem Bruder *Johann Ohneland* regiert. Der hieß so, weil ihm sein Vater, König Heinrich II., so wenig Land vererbt hatte."

„Ich kann das alles nicht glauben", wiederholte Leon. „Aber es gibt ja eine Möglichkeit herauszufinden, was damals wirklich vorgefallen ist. Vor allem würde mich mal interessieren, welche Rolle Blondel tatsächlich gespielt hat." Er sah seine Freunde unternehmungslustig an. „Was haltet ihr von einer kleinen Zeitreise zur Burg Trifels Ende Januar 1194?"

Kim war sofort Feuer und Flamme.

Doch Julian zögerte zunächst. „100.000 Silbermark – das ist unvorstellbar viel. Womöglich hat das ziemlich viele Verbrecher angelockt. Die Reise könnte sehr gefährlich werden", gab er zu bedenken.

Kim zuckte nur mit den Schultern. „Bleib locker, Julian. Wir werden wie immer vorsichtig sein."

„Na, bisher ist ja immer alles gut gegangen", sagte Julian. „Und: Löwenherz wollte ich schon immer mal treffen." Er grinste. „Also los!"

Und so liefen die drei Kinder und die Katze kurz darauf zu einem hohen Regal, das auf einer Schiene stand. Die Freunde schoben das Regal zur Seite. Dahinter erschien das mit magischen Symbolen verzierte Tor zum Zeit-Raum Tempus, von dessen Existenz nur die Gefährten wussten. Mit klopfenden Herzen betraten sie den unheimlichen Raum, in dem das übliche bläuliche Zwielicht herrschte. Er schien keinen Anfang und kein Ende zu haben und sein Boden pulsierte im Rhythmus der Zeit.

In Tempus gab es Tausende von Türen, die in die Vergangenheit führten. Über jeder war eine Jahreszahl eingraviert. Kim ging mit Kija auf dem Arm zur nächstbesten Tür, doch es war die falsche. Kim stöhnte. Hoffentlich fanden sie bald das richtige Tor mit der Zahl 1194. Die Anordnung der Türen in Tempus gehorchte keiner Logik, sie war willkürlich und verwirrend.

Kim spürte den Pulsschlag unter ihren Schuhen. Der Boden klopfte gegen ihre Füße, trieb sie ungeduldig zum Weitergehen an. Sie gehorchte – und plötzlich hörte sie einen leisen Gesang. Es war eine wohltönende sanfte Tenorstimme, so wunderschön, dass sie Kim sofort in ihren Bann zog.

Das Mädchen schloss die Augen und folgte der schönen Stimme, die immer lauter wurde. Unvermittelt maunzte Kija. Kim riss die Augen auf. Sie stand direkt vor einer offenen Tür, über der die Zahl 1194 prangte.

Kim drehte sich nach Leon und Julian um und jubelte: „Ich habe sie gefunden! Es geht los!"

Die Freunde fassten sich an den Händen und konzentrierten sich ganz auf die Burg Trifels. Denn nur so konnte Tempus sie an den richtigen Ort bringen. Kija, die nach wie vor auf Kims Arm hockte, schmiegte sich eng an das Mädchen.

Ein starker Wind erfasste die Gefährten und zog sie durch die Tür in ein schwarzes Nichts. Der schöne Gesang wehte um Kims Ohren und begleitete ihren Flug durch die Zeit.

Der Troubadour

Plötzlich war es völlig still. Kim schaute sich wie betäubt um. Sie stand mit ihren Freunden vor einer gewaltigen Stileiche, die mit ihren unzähligen kahlen Ästen eine schneebedeckte Lichtung auf einer Bergkuppe beherrschte. Vor den Gefährten, vielleicht tausend Meter entfernt, überragte eine Burg mit einem stattlichen *Bergfried* die Waldlandschaft.

„Die Burg Trifels!", rief Kim, die sich an eine Abbildung im Buch erinnerte. „Wir sind da, Jungs!"

„Stimmt!" Julian deutete auf die riesige Eiche. „Den Baum müssen wir uns für die Rückreise merken!"

Leon und Kim nickten.

Doch dann starrten die Gefährten wie gebannt zur Burg. Sie krallte sich an einen schmalen Felsrücken wie ein Raubvogel an einen Ast. Mit ihren senkrechten Mauern und dem gewaltigen, kantigen Hauptturm wirkte sie uneinnehmbar. Grau und düster kontrollierte sie die Gegend. Die wildromantische Landschaft bestand aus steil abfallenden Sandsteinfelsen, moosüberwachsenen

Hängen und engen, verwunschenen Tälern, in die sich kein einziger Strahl der fahlen Wintersonne verirrte.

Und Wald, es war überall Wald, so weit das Auge reichte. Eichen, Kastanien, Weiden und Nussbäume wuchsen dicht nebeneinander. Bodennebel waberte um die Stämme. Es roch nach feuchter Erde und Schnee. Eine Krähe krächzte.

Kim ließ Kija auf den Boden springen. Dabei bemerkte sie, dass sich wenige Meter von ihnen entfernt ein schlammiger Pfad von der Lichtung in den Wald schlängelte. Einige Pfützen auf dem Weg waren gefroren. Es mochten nur wenige Grad über null sein.

„Gut, dass uns Tempus mit warmen Kleidern ausgestattet hat", sagte Kim. Sie trug ein hübsches, weinrotes Leinenkleid über einer dicken Strumpfhose. Eine gefütterte, dunkelbraune Wolljacke, die ihr bis über die Hüften reichte, und grobe Lederstiefel komplettierten ihre Kleidung. Die Jungen hatten beide eine graue, eng anliegende Hose, eine leinengefütterte Jacke mit Gürtel und darunter ein *Wams* an.

„Na, dann: Auf zur Burg!", rief Leon. „Jetzt suchen wir den Troubadour – und natürlich Richard Löwenherz!"

Sie entschlossen sich, den matschigen Weg zu nehmen. Schließlich schien er in die richtige Richtung zu führen.

Leon hatte jetzt die Führung übernommen. Sobald sie die Lichtung verlassen und den Wald betreten hatten, wurde es kälter und ganz schön düster. Der Pfad wand sich zwischen dunklen Stämmen hindurch, führte durch Senken voller modriger Blätter und an mächtigen Wurzeln umgefallener Bäume vorbei.

Plötzlich stob ein Schwarm Vögel auf. Leon blieb stehen. Was hatte die Tiere so erschreckt? Waren Julian, Kim und er es gewesen?

Vermutlich, dachte Leon, und ging zügig weiter. Der Schnee knirschte unter seinen Schuhen.

„Bin mal gespannt, ob die uns überhaupt auf die Burg lassen", sagte Julian.

„Das hoffe ich doch", erwiderte Leon. „Es wird früh dunkel und wenn ich mir vorstelle, dass wir bei diesem Wetter draußen … Stopp! Habt ihr das auch gehört?"

Leon war stehen geblieben und hob die Hand.

„Nein, was denn?", fragte Julian.

„Klang nach Schritten", sagte Leon. „So ein knirschendes Geräusch."

„Das wirst du selbst gewesen sein", sagte Kim und lachte. Kija hockte vorn in ihrer Jacke. Nur ihr Köpfchen schaute hinaus. Jetzt miaute die Katze warnend.

„Was, du bist auch nervös?", fragte Kim.

„Seid doch mal still!", bat Leon. Er zupfte an seinem

rechten Ohrläppchen – wie immer, wenn er sich konzentrierte.

Die Freunde lauschten in den Wald. Sie bewegten sich keinen Millimeter. Ihr Atem bildete weiße Wölkchen vor ihren Mündern.

Ein Knacken, als wäre jemand auf einen Ast getreten. Und ein Knirschen wie von Schritten. Leon hatte Recht gehabt!

„Vielleicht ein Tier", murmelte Julian. Er sah, dass Kija immer unruhiger wurde. Jetzt fauchte sie leise.

Beruhigend strich Kim ihr über den Kopf. „Hoffentlich sind es keine ausgehungerten Wölfe …", sagte sie. Ihre Stimme hatte einen leicht schrillen Klang.

„Wölfe?", fragte Julian entsetzt. „Gibt's die hier überhaupt?"

Darauf bekam er keine Antwort.

„Lasst uns weitergehen", schlug Leon vor und setzte sich wieder in Bewegung. „Je früher wir in der Burg sind, umso besser."

Schweigend folgten die anderen ihm. Die Katze blieb weiter unruhig, was Kim dazu brachte, die Umgebung genau zu beobachten. Plötzlich nahm sie aus dem Augenwinkel eine Bewegung wahr. Etwas huschte zwischen den Stämmen hindurch direkt auf sie zu! Es war ein Mann, erkannte Kim entsetzt, und dahinter waren noch zwei weitere! Alle drei trugen Messer!

„Achtung!", schrie das Mädchen.

Leon und Julian fuhren herum.

„Oh nein!", entfuhr es Julian.

Dann sprangen die Männer auf den schmalen Weg.

„Ja, wen haben wir denn da?", sagte einer der Kerle. Er trug eine Hose, die ebenso löchrig war wie seine Jacke und einen schwarzen, speckigen Filzhut, der vorn spitz zulief. Er verzog das Gesicht zu einem Grinsen und entblößte dabei ein höchst unvollständiges Gebiss. „Was sollen wir mit ihnen machen, Wigmar?"

„Die sehen gut aus, die Kleinen. Gut genährt und reich", höhnte der Angesprochene, der offenbar der Anführer war. Wigmar hatte einen Glatzkopf und war auffallend dick. Der Dritte im Bunde spielte mit seinem Messer und hielt den Mund. Über seine Wange verlief eine gezackte Narbe.

Wigmar kam auf Julian zu und packte ihn. „Komm her, Bürschchen, lass dich anschauen."

Julian wehrte sich, und Kim und Leon eilten ihm sofort zur Hilfe. Kija sprang aus Kims Jacke und flitzte auf den Mann mit dem Hut zu. Leon hob einen Stein auf.

„Ach, wie mutig", kommentierte Wigmar. „Aber das solltet ihr lassen, sonst …" Er hob sein Messer.

Die Freunde gehorchten.

„Was wollt ihr von uns?", fragte Julian und versuchte, seiner Stimme einen festen Klang zu geben.

Der dicke Wigmar rieb den Stoff von Julians Jacke prüfend zwischen seinen schmutzigen Fingern. „Zweifellos stammt ihr aus einem reichen Elternhaus. Und ebenso zweifellos habt ihr Eltern, die bereit sind, ein paar Silbermark für euch zu zahlen."

Lösegeld, die Räuber wollen ein Lösegeld!, schoss es Julian durch den Kopf.

„Wir, wir haben keine Eltern mehr. Wir sind arme Waisenkinder und auf dem Weg zur Burg", stammelte Julian.

Dröhnendes Gelächter folgte.

„Du sollst nicht lügen. Steht schon in der Bibel", sagte Wigmar, während er sich eine Lachträne aus dem Auge wischte.

„Jetzt behaupte bloß nicht, dass du die Bibel kennst", sagte Kim wütend.

Der Dicke funkelte sie an. „Vorsicht, Kleine. Sonst waren das deine letzten Worte."

„Tot nützen wir euch nichts", entgegnete Kim kühn. „Für Tote zahlt niemand ein Lösegeld."

Wigmar stieß Julian grob weg und kam auf Kim zu. „Du hältst dich wohl für besonders schlau, was?", sagte er drohend. Er griff nach dem Mädchen, aber Kim wich aus und rannte in den Wald.

„Na warte, dich kriegen wir schon! Holt sie euch", brüllte Wigmar. Der Narbige setzte ihr nach.

Kim rannte an einer Kastanie vorbei und wäre fast einem weiteren Mann in einer goldbraunen Jacke in die Arme gelaufen. Plötzlich stand er vor ihr, wie aus dem Erdboden gewachsen. Der Mann trug einen sauber gestutzten Vollbart, hatte stahlblaue Augen, eine spitze Nase und lange schwarze Haare. Kim schrie auf.

Der Mann schob sie wortlos aus dem Weg und sprang auf den Räuber mit dem vernarbten Gesicht zu. Und ehe dieser sichs versah, flog sein Messer in hohem Bogen in den Schnee. Er selbst folgte, getroffen von einem mächtigen Fausthieb gegen sein Kinn. Reglos blieb der Räuber liegen.

„Wer, wer bist du?", fragte Kim verdattert.

„Später", sagte der Fremde nur. Seine Stimme war ungewöhnlich wohlklingend. „Komm."

Er nahm Kim an der Hand und zog sie mit sich zurück zum Weg. Das Mädchen sah, dass ihr Retter eine fünfsaitige *Fidel* auf dem Rücken trug.

Auf dem Pfad wurden Leon und Julian nach wie vor von den beiden anderen Räubern in Schach gehalten.

Der Mann mit der Fidel hob einen stabilen Ast vom Boden auf und stürmte ohne Vorwarnung auf Wigmar zu. Der Dicke hob das Messer, aber der Musiker schlug ihm fest auf den Arm.

Der Räuber stieß einen derben Fluch aus. Er heulte vor Schmerz. Jetzt griff sein Kumpan den Musiker an.

Aber sein Messerstoß ging ins Leere, weil der Mann mit der Fidel ihm geschickt auswich. Krachend zerbrach der Ast auf dem Kopf des Räubers und schickte auch ihn ins Reich der Träume.

Der dicke Wigmar drehte sich um und ergriff die Flucht.

Achtlos schleuderte der Musiker den Ast in den Wald.

„So, das hätten wir", sagte er mit seiner schönen Stimme und fuhr sich mit der Hand über sein kräftiges Kinn. „Aber nun zu euch: Was machen drei Kinder und eine Katze allein im Wald? Ihr solltet wissen, wie gefährlich das ist. Es gibt hier leider allerlei Räubergesindel."

Julian nickte. Wie immer in solchen Situationen übernahm er das Reden. „Vielen Dank zunächst einmal, dass du uns gerettet hast", begann er.

„Nichts zu danken. Ich kann es nun einmal nicht ausstehen, wenn man sich an Wehrlosen vergreift. Ich war in den Wald gegangen, um ein neues Lied zu komponieren. Das mache ich immer so. Im Wald hat man die Ruhe dazu. Und dann sah ich plötzlich dieses Pack, das euch Übles wollte", erwiderte der Mann. Ein Lächeln erschien auf seinem Gesicht. „Und da bin ich ziemlich wütend geworden."

„Oh ja, das haben wir gesehen", sagte Julian begeistert und stellte sich, Leon, Kim und Kija vor. Dann erzählte er dem Mann ihre Standardgeschichte für diese Fälle: „Wir haben unsere Eltern verloren, sie sind leider gestorben. Und jetzt müssen wir uns selbst durchschlagen. Wir hoffen, auf der Burg Arbeit zu finden."

„Hm", machte der Mann und sah Julian durchdringend an. „Wo kommt ihr denn her?"

Julian wurde warm. Vage deutete er Richtung Süden. „Aus einem Dorf ziemlich weit von hier."

„Wie heißt dieses Dorf?"

Julian überlegte fieberhaft. „Siebenberg", sagte er einfach.

„Siebenberg? Nie gehört", sagte der Mann.

Ich auch nicht, dachte Julian. Siebenberg gibt's ja wahrscheinlich gar nicht. Aber ihm war nichts Besseres eingefallen.

„Na gut", sagte der Mann schließlich. „Ich will auch zur Burg. Wir können zusammen gehen."

„Gern!", rief Kim. „Darf ich fragen, wie du heißt?"

„Selbstverständlich", sagte der Mann. „Mein Name ist Blondel. Ich bin Troubadour."

Blondel! Das gibt es doch gar nicht, jubelte Kim innerlich. Sie hatten den berühmten Sänger getroffen. Hier, in diesem finsteren Wald! Und er war es gewesen, der sie gerettet hatte!

„Aber vorher werde ich die beiden bewusstlosen

Räuber fesseln", kündigte Blondel an. „Die Wachen sollen sie später einsammeln und in den Kerker werfen. Mal sehen, ob ich einen Strick finde." Er untersuchte die Männer und fand, was er suchte. Dann begann er mit der Arbeit.

„Dann hast du König Löwenherz hier aufgespürt, oder?", fragte Kim, während siee dem Troubadour half. „Er wurde doch an einem geheimen Ort gefangen gehalten. Du bist von Burg zu Burg gezogen, hast gesungen – und der König hat geantwortet, als du an der Burg Trifels warst, oder?"

Blondel lachte. „Wer erzählt denn so etwas?"

„Öh, das habe ich mal irgendwo gehört", sagte Kim, während sie den Sänger von der Seite musterte.

„Nein, ganz so war es nicht. Richtig ist, dass mein König eine Zeit lang tatsächlich verschwunden war", erläuterte Blondel. Seine Stimme bekam einen bitteren Klang. „Wir wussten nur, dass er gefangen worden war und dass ein unverschämt hohes Lösegeld von 100.000 Silbermark verlangt wurde. Königin *Eleonore*, die Mutter von Löwenherz, entsandte Spähtrupps, um nach ihm zu suchen. Schließlich wollten wir wissen, ob Löwenherz überhaupt noch lebte. Einen dieser Trupps führte ich an. Wir waren es schließlich, die unseren König auf der Burg Trifels fanden. Ein Hirte, der zufällig gesehen hatte, wie Löwenherz auf die Burg gebracht wurde, hat es uns verraten. Löwenherz ist unversehrt. Und jetzt steht die Zahlung des Lösegeldes an. In den nächsten Tagen wird es so weit sein. Danach kann Löwenherz endlich zurück in seine Heimat. So lange werde ich ihm auf der Burg die Zeit vertreiben."

Kim war verwundert. „Darfst du ihn denn in der Zelle besuchen?"

„Zelle? Das wäre ja noch schöner! Nein, mein König muss nicht im Kerker schmoren", sagte Blondel und schnaufte verächtlich. „Er darf sich auf der Burg frei bewegen und wird von Kaiser Heinrich VI. und Erzherzog Leopold behandelt wie ein Gast. Er darf die Burg nur nicht verlassen." Blondel kontrollierte den Sitz der Fesseln.

„So, das sieht gut aus. Wir können los. Kommt!", sagte er.

Danach verstummte das Gespräch. Die Freunde folgten dem stattlichen Troubadour durch den Pfälzer Wald.

„Na, siehst du", flüsterte Kim Leon zu. „Troubadoure sind keineswegs Schwächlinge. Hast du gesehen, wie Blondel die Räuber verprügelt hat? Das war ja wohl Klasse!"

„Stimmt", gab Leon zu. „Er ist wirklich ziemlich schlagkräftig."

„Ja, und diese Stimme!", schwärmte Kim. „Hoffentlich singt er uns mal etwas vor! Und überhaupt könnte ich …"

„Oh nein!", rief Julian in diesem Moment. Er deutete nach vorn.

Vor ihnen auf dem Weg hatten sich fünf bewaffnete Männer aufgebaut. Einer davon war der dicke Wigmar, der vorhin die Flucht ergriffen hatte. Er grinste abgrundtief böse. Die Gefährten und Blondel fuhren herum, bereit zur Flucht. Doch auch hinter ihnen war eine Horde von Räubern aufgetaucht.

Julian lief ein eiskalter Schauer über den Rücken. Sie saßen in der Falle!

Das Räuberlager

„So sieht man sich wieder", knurrte Wigmar und kam auf Blondel zu.

Die Gefährten warfen dem Troubadour einen Blick zu. Blondel wirkte ruhig, fast gelassen.

„Fasst uns nicht an", sagte er zu den Räubern. „Sonst kommt es euch teuer zu stehen. Wir sind Freunde von König Richard Löwenherz und stehen unter seinem Schutz."

Wigmar feixte. „Du bist gerade nicht in der Lage, irgendwelche Forderungen zu stellen, Sängerlein. Und dass ihr Freunde von Löwenherz sein wollt, freut mich zu hören. Das erhöht das Lösegeld." Er spuckte auf den Boden und gab seinen Leuten ein Zeichen. „Fesselt sie und bringt sie ins Lager."

„Leistet keinen Widerstand, es ist sinnlos", sagte Blondel zu den Freunden.

„Wo bringt ihr uns jetzt hin?", fragte Kim verzweifelt, während sich ein Seil um ihre Handgelenke schlang.

Der Dicke trat ganz dicht an sie heran. Unwillkürlich wich sie zurück.

„Wir bringen euch in unser kleines Nest", antwortete Wigmar. Seine Schweinsäuglein leuchteten in dem unrasierten Gesicht und er blies die feisten Wangen auf. „Dorthin, wo euch keiner findet." Er legte den Kopf in den Nacken und lachte.

Kim schluckte. Der Kerl war einfach nur widerlich. Sie mussten schleunigst zusehen, dass sie den Räubern entkamen. Aber jetzt im Moment hatten sie schlechte Karten. Da bemerkte sie, dass Kija, auf die niemand achtete, in den Büschen verschwand. Immerhin ein kleiner Hoffnungsschimmer! Vielleicht würde die kluge Katze ja eine Möglichkeit finden, ihnen aus dieser schlimmen Lage herauszuhelfen.

Die Räuber trieben sie durch den Wald. Es gab keinen Weg mehr, nichts, woran sich die Gefährten hätten orientieren können. Doch die Räuber liefen zielstrebig voran, sie schienen sich bestens auszukennen.

Unvermutet tauchte eine kleine, versteckte Lichtung vor ihnen auf. Darauf standen mehrere Zelte und eine fensterlose Holzhütte.

„Da sind wir!", rief Wigmar und stieß einen rauen

Kampfschrei aus. Es ertönte ein vielstimmiges Antwort-gebrüll, Zeltplanen wurden zur Seite geschlagen und die Tür der Hütte flog auf. Schließlich waren die Gefangenen von rund zwanzig Räubern umringt.

Die Freunde und der Troubadour wurden derb in die Mitte des Lagers geschubst, wo ein Feuer brannte.

Wigmar präsentierte stolz seine Beute und wurde lautstark bejubelt. Irgendjemand rollte ein Fass heran. Eine Axt krachte ins Holz, und kurz darauf floss das Bier in Strömen.

Unterdessen trieb man die Freunde und Blondel in das Holzhaus hinein. Dort nahm man ihnen wenigstens die Fesseln ab. Dann wurde von außen ein Riegel vor die Tür geschoben.

„Großartig." Leon seufzte. „Das scheint unser neues Zuhause zu sein."

„Nur vorübergehend", kündigte Kim an.

„Ach, wie willst du denn hier herauskommen?", fragte Julian. Er hockte sich auf einen Ballen Stroh, von denen mehrere herumlagen, und schaute sich um. Durch die Ritzen in den Holzwänden fiel ein wenig Licht. Sie saßen in einem weitgehend kahlen, grob zu-sammengezimmerten Schuppen.

„Uns fällt schon was ein", sagte Kim optimistisch. „Gut, dass Kija die Flucht geglückt ist."

„Ja", sagte Leon. „Hoffentlich finden wir sie wieder."

„*Sie* wird *uns* wiederfinden", sagte Kim bestimmt.

Blondel tigerte unruhig in dem Verschlag auf und ab. „Es ist eine Schande, dass wir hier sitzen", murrte er. „Jetzt wird nicht nur für Löwenherz ein Lösegeld verlangt, sondern auch für uns."

Für uns wird niemand etwas bezahlen wollen, dachte Julian bedrückt.

„Ich wollte meinem König eine Hilfe sein und nun belaste ich ihn zusätzlich." Der Troubadour ärgerte sich. „Ich hoffe nur, dass er für mich keine einzige Silbermark bezahlt. Das Geld ist für seine Freilassung bestimmt – und nicht für seinen unwürdigen Freund, der sich von einer Horde Räuber überfallen und verschleppen lässt."

Von draußen drang Lärm zu ihnen. Die Räuber schienen kräftig zu feiern.

So vergingen mehrere Stunden. Die Freunde hockten mit Blondel in der Hütte. Sie waren zur Untätigkeit verdammt, während es draußen rundging. Der Geräuschpegel stieg stetig. Die Räuber grölten und lachten.

Kim wollte sich schon die Ohren zuhalten, doch da vernahm sie plötzlich Gesprächsfetzen, die höchst interessant klangen. Immer wieder fiel das Wort Lösegeld. Jetzt näherten sich die beiden Stimmen, und Kim war sich ziemlich sicher, dass eine der beiden dem dicken Wigmar gehörte. Kim legte ein Ohr an die Bretterwand und gab Leon, Julian und Blondel ein Zeichen, dass sie ganz still sein sollten.

„Was für ein Fang!", sagte Wigmar gerade.

„Ja", erwiderte der andere. „Wir müssen nur noch herauskriegen, wer die Eltern der Kleinen sind."

„Ach, das erledigen wir morgen. Wir werden sie schon zum Sprechen bringen." Wigmar gluckste. „Da haben wir doch unsere Mittelchen."

Kim ballte die Fäuste. Diese brutalen Mistkerle!

„Und wenn für die nichts zu holen ist, ist es auch nicht so schlimm", fuhr Wigmar fort. „Hauptsache, wir kriegen bald das andere Sümmchen."

Kim runzelte die Stirn. Welches Sümmchen?

„Ja!", rief der andere und schien sich begeistert auf die Schenkel zu klatschen.

Nun sprach wieder Wigmar. „100.000 Silbermark! Wir werden reich sein", schwärmte er.

Das Mädchen auf dem Horchposten zuckte zusammen. Bei dieser Summe konnte es sich nur um das Lösegeld für Löwenherz handeln! Aber woher wussten die Räuber überhaupt davon?

„Wie sieht der Plan aus, wann sollen wir zuschlagen?", wollte der andere Räuber wissen.

„Keine Ahnung", gab Wigmar zu. „Er hat mir noch nichts gesagt. Du weißt doch, er hüllt sich immer bis zuletzt in Schweigen."

Kim überlegte. Offenbar war Wigmar gar nicht der Anführer der Räuber. Es schien noch einen anderen über ihm zu geben. Wer war dieser wahre Anführer?

„Das gefällt mir nicht", sagte Wigmars Gesprächspartner jetzt. „Wir wissen nichts über ihn, kennen noch nicht einmal sein Gesicht. Der Kerl trägt ja immer eine Maske. Diese Geheimniskrämerei ist unerträglich."

„Ja, aber sie wird auch *ein*träglich sein, wenn wir uns den Batzen Geld unter den Nagel reißen", sagte Wigmar und lachte. „Es wird schon alles gut gehen. Und jetzt komm, lass uns noch einen Becher Bier trinken!"

Die Stimmen entfernten sich und waren kurz darauf nicht mehr zu hören.

Unglaublich, dachte Kim. Ihr Herz klopfte. Die Räuber wollten sich allen Ernstes das Lösegeld schnappen!

Flucht

Leon erwachte am nächsten Morgen durch ein Geräusch, das er zunächst nicht einordnen konnte. Nur langsam registrierte der schlaftrunkene Junge, wo er sich befand. Am liebsten wäre er gleich wieder eingenickt. Kim, Julian und Blondel schliefen schließlich auch noch.

In der vergangenen Nacht hatten sie noch lange flüsternd gerätselt, wieso die Räuber vom Lösegeld für Löwenherz wussten, wer der Mann mit der Maske sein könnte und wie der Plan der Räuber aussah. Doch auch Blondel hatte keine Idee gehabt. Er war sehr beunruhigt gewesen.

„Wenn die Räuber das Lösegeld haben, kommt unser König niemals frei!", hatte der Troubadour befürchtet. „Wir müssen diesen Plan unbedingt durchkreuzen."

Doch sie waren in diesem verfluchten Schuppen gefangen. Ihre Lage war wirklich alles andere als rosig, dachte Leon. Er fror entsetzlich und mummelte sich noch fester in seine Jacke.

Da vernahm er erneut das Geräusch, das ihn geweckt hatte. Ein Kratzen und Schaben. Es kam von der Rückwand des Schuppens gleich neben ihm. Leon drehte sich zur Seite. Da knabberte doch jemand von außen am Holz! War das eine Maus oder eine Ratte?

Der Junge wälzte sich von seinem einfachen Lager und nahm die Stelle an der Wand genau unter die Lupe. Seine Augen wurden groß. Im untersten Brett war ein Loch. Späne und Splitter lagen davor. Und jetzt erschien eine Tatze.

„Kija!", murmelte Leon.

Ein leises Miauen war die Antwort.

Leons Puls beschleunigte sich. Die kluge Katze hatte eine offenbar morsche Stelle in dem Verschlag gefunden. Rasch weckte Leon die anderen.

„Wunderbar!", sagte Blondel und streckte sich. „Das ist unsere Chance!"

Gemeinsam machten sie sich an die Arbeit. Möglichst leise vergrößerten sie das Loch in der Wand. Das Holz war teilweise schon verfault und ließ sich gut herausbrechen.

„Hoffentlich hören oder sehen die Räuber das nicht", sagte Julian.

Kurz darauf sprang die Katze durch den Spalt in Kims Arme.

„Du bist einfach die Beste!", sagte das Mädchen und

drückte Kija an sich. „Schön, dass du wieder bei uns bist!"

Fieberhaft arbeiteten sie weiter. Schließlich war das Loch so groß, dass Julian, der zierlichste der Gefangenen, hindurchschlüpfen konnte.

Mit weichen Knien stand Julian vor der Rückseite des Schuppens. Hoffentlich erwischte ihn keiner der Räuber! Er spähte um die Ecke. Die Morgendämmerung hatte gerade eingesetzt. Weiße Nebelschleier hingen über der Lichtung und in den Ästen der Bäume. Das Lagerfeuer war erloschen. Einige Fässer lagen herum. Von den Räubern war nichts zu sehen, sie schienen in den Zelten zu schlafen.

Erleichtert ging Julian nach vorn zur Tür des Schuppens. Als er um die Ecke bog, wäre ihm fast das Herz stehen geblieben. Neben der Tür hockte einer der Räuber. Er hatte die Beine angezogen, die Arme darübergelegt und darauf seinen Kopf gebettet. Der Mann schnarchte.

Auf Zehenspitzen ging Julian um den Räuber herum, der offenbar als Wache eingeteilt worden war. Dann hob er das Holzbrett an, das als Riegel diente. Es quietschte, und Julian warf einen bangen Blick auf den Räuber. Doch der schlief weiter.

Schließlich hob Julian den Riegel ganz hoch. Jetzt konnte er die Tür öffnen. Blondel, Leon, Kim und Kija

kamen aus dem Schuppen. Anerkennend klopfte der Troubadour Julian auf die Schulter. Dann hasteten sie aus dem Lager.

Als sie im Wald waren, fragte Julian: „Wie finden wir überhaupt den Weg zur Burg?"

„Unsere Spuren, die wir gestern im Schnee hinterlassen haben, müssten eigentlich noch zu sehen sein", sagte Leon und heftete seinen Blick auf den Boden.

Tatsächlich fanden sie ihre Fußspuren und folgten ihnen. Nach einer halben Stunde waren sie wieder auf dem richtigen Weg.

„Wir müssen uns beeilen", trieb Blondel die Gefährten an. „Wer weiß, wann die Räuber ihren Rausch ausgeschlafen haben und die Verfolgung aufnehmen!"

Und so rannten sie den Pfad entlang und erreichten kurz darauf Annweiler. Sie liefen links an der Stadtkirche vorbei und hielten sich anschließend rechts, wo sie in die Kirchgasse kamen, die direkt auf das Flüsschen *Queich* zuführte. Die Queich war nur etwa zehn Meter breit. Direkt an ihrem Ufer befanden sich die Werkstätten der Gerber. Eine Mühle klapperte. Alle zwanzig Meter überspannte ein einfaches Brückchen oder auch nur ein stabiles Brett den Fluss. Die Häuser standen dicht an dicht, und die Obergeschosse ragten über die Untergeschosse hinaus, um Wohnraum zu gewinnen.

Kim blieb kurz vor dem besonders stattlichen Fachwerkhaus eines Tuchmachers stehen. Es hatte drei Stockwerke. Die tragenden Balken waren mit aufwändigen Schnitzereien verziert, die Szenen aus der Bibel und dem Handwerk des Tuchmachens zeigten. Unten lag die Werkstatt. Durch große, mit Holzläden verschließbare Fenster konnten die Stoffe verkauft werden. Einer dieser Schlagläden stand offen. Kim schlug ein beißender Geruch entgegen. Im Hintergrund sah sie einen Mann mit Schürze an einem großen Bottich mit einer dunkelblauen Flüssigkeit stehen, aus dem Dampfschwaden aufstiegen. Der Mann rührte die Farbe um. Über ihm hingen gefärbte Stoffe auf langen Holzlatten. Ein Stück entfernt lagerten mehrere Rollen Stoff in Regalen. An einem Tisch davor saß eine alte Frau in einem einfachen Kittel und schnitt behände Stoffe zu. Vorn, auf dem zur Straße gelegenen Verkaufstresen, lagen drei weitere Rollen mit Stoffen. Eine zweite Frau mit akkurat hochgesteckten Haaren pries gerade einer Kundin die Vorzüge der Ware an.

„Kim, kommst du?", fragte Leon.

„Bin schon unterwegs!", erwiderte Kim und folgte den anderen.

Sie kamen zum *Prangertshof*, auf dem sich ein achteckiger Brunnen mit einer Marienfigur befand. Am Rand des Platzes stand der Pranger, an dem aber im Moment niemand zur Schau gestellt wurde. Auf dem Platz hatten gerade einige Händler ihre Stände aufgebaut. Es wurden Rüben, Lauch, Kohl und Zwiebeln, Gänse, Wildkaninchen, aber auch Gewürze wie Minze, Salbei und Rosmarin angeboten. Ein Bauer trieb zwei Ziegen auf den Platz. Ein Salbenverkäufer warb um Kundschaft, während sich zwei Marktweiber nicht minder lautstark um einen guten Platz stritten. Blondel kaufte einen noch warmen Laib Brot und teilte ihn gerecht.

„Danke!", sagte Kim kauend.

„Gern geschehen", erwiderte der Troubadour und lächelte Kim an. Dann liefen sie weiter und verließen das malerische Städtchen. Blondel führte sie durch das *Bindersbacher Tal*. Von dort schlängelte sich der Weg bergauf zum Trifels. Blondels Laune schien sich zu heben, denn er begann zu singen.

Seine schöne, klare Stimme begeisterte Kim. Und mit einem Mal war sie überzeugt, dass sie genau diese Stimme im Zeit-Raum Tempus gehört hatte. Ein leichter Schauder lief dem Mädchen über den Rücken.

Der Weg zog sich und wurde immer steiler. Den Blick gesenkt, stapften sie voran. Trotz der Kälte war den Gefährten ziemlich warm.

„Seht mal!", rief Blondel plötzlich.

Die Freunde schauten hoch – und staunten. Unmittelbar über ihnen erhob sich eine Felswand, die die Form eines Schiffes hatte. Der steinerne Bug ragte bis an den Weg heran, auf dem sie standen. Darauf verlief wie eine Reling eine Mauer mit unzähligen Zinnen, die nach rechts immer höher wurde und schließlich in den gewaltigen Bergfried überging.

„Gleich sind wir da!", rief der Troubadour.

Ihre Schritte wurden schneller. Eine letzte Linkskehre, dann standen sie vor dem zwanzig Meter hohen *Brunnenturm*, der einen Durchlass in der trutzigen Ringmauer bildete. Zwei Wachen standen breitbeinig hinter dem Fallgatter. Sie trugen Kettenhemden, darüber *Waffenröcke* aus wattiertem Stoff, Metallhelme, *Panzerkrägen*, kleine, runde Schilde und Speere. Sobald die Wachen Blondel erkannt hatten, öffneten sie das Gatter und ließen ihn und die Gefährten durch. Blondel schritt voran. Der Weg führte weiter bergauf. Links am abfallenden Hang schlängelte sich die Mauer entlang. Nach einer weiteren Kehre gelangten sie zum unteren, ebenfalls bewachten Burgtor, hinter dem zwei Tränken in den Stein gehauen waren.

„Und nun kommt Tor Nummer drei!" Blondel lachte und führte sie weiter hinauf zum oberen Tor. Auch hier ließ die Wache sie durch. Nun standen die Gefährten im Burghof, direkt unterhalb des etwa dreißig Meter hohen Bergfrieds mit dem Kapellenerker. Auf dem Platz neben dem *Gesindehaus* wurden gerade ein paar junge *Knappen* von einem Ritter gedrillt. Fasziniert schaute Leon zu, wie zwei Jungen mit Holzschwertern fochten. Vier andere schossen mit Pfeil und Bogen, ein weiterer zielte mit einer *Armbrust* auf eine Holzscheibe.

„Kommt weiter!", drängte der Troubadour und lief eine steile Freitreppe hinauf. Sie erreichten einen kleinen Vorhof mit einer Zisterne und dem *Wachthaus*. Blondel eilte durch das Erdgeschoss des Turms und führte die Freunde in den angrenzenden *Palas* mit dem Kaisersaal.

Noch in der Tür, wo schwere, wollene Vorhänge vor Zugluft schützen sollten, sank der Troubadour auf die Knie, und die Gefährten folgten seinem Beispiel. Dennoch riskierten sie einen Blick in den Saal. Von der Tür aus gesehen links gab es zwei große Nischen mit Fenstern in Rundbögen, durch die trübes Tageslicht fiel. An der gegenüberliegenden Seite führte eine Freitreppe in das nächste Geschoss. Die Wände waren mit Teppichen dekoriert, auf denen Szenen aus der Bibel und von der Jagd zu sehen waren. An der Holzdecke hing ein riesiger runder Metallring, auf dem über zwanzig dicke Kerzen befestigt waren. In einem gemauerten Kamin knackten Holzscheite und verbreiteten wohlige Wärme. Ganz in der Nähe des Feuers saßen drei gut gekleidete Männer an einer großen, mit einem weißen Tischtuch geschmückten Tafel und speisten. Vor ihnen standen Körbe mit hellem Brot sowie verschiedene Krüge und

Weinpokale. Gerade brachte ein Diener eine silberne Platte mit einem Fasanenbraten herein. Der Koch hatte die Schwanzfedern des Tieres im Braten befestigt, um das Auge der hohen Herren zu erfreuen. Hinter dem Diener folgte ein *Trancheur*, dessen Aufgabe es war, den Braten in mundgerechte Häppchen zu schneiden. Im Hintergrund spielten Musiker. Der eine blies in eine *Schalmei*, der zweite bediente mit mäßigem Talent eine Fidel, während der dritte einen schleppenden Rhythmus auf dem Tamburin schlug.

„Oh, mein lieber Blondel", rief einer der Männer, der offenbar erst jetzt die Ankunft der Besucher bemerkt hatte, und gab den Musikern ein Zeichen, das sie verstummen ließ. Er war auffallend groß, bärtig und hatte rötliche Haare. „Erhebe dich und sage mir: Hast du ein neues Lied komponiert?"

„Nein, mein König", gab der Troubadour zu, während er aufstand.

Löwenherz, durchfuhr es Leon. Der Mann mit den roten Haaren musste Löwenherz sein!

„Aber ich bringe Neuigkeiten", fuhr Blondel fort. „Allerdings sind es keine guten und …"

„Drück dich nicht in Rätseln aus, Sänger!", herrschte einer der anderen beiden Männer ihn an. Er hatte ein ovales Gesicht mit einem fliehenden Kinn und abstehende Ohren.

„Mit Verlaub, ich wollte gerade weitersprechen, Kaiser Heinrich", sagte Blondel und blickte den Herrscher und den gedrungenen Mann neben ihm kühl an. „Wenn Ihr und Erzherzog Leopold es wünscht."

Der Kaiser nickte nur. Er trug ein dunkelblaues Gewand aus Samt. Auf seiner Brust funkelte eine goldene Kette mit einem Wappenzeichen.

Leopold, der nicht minder teuer gekleidet war, leckte sich über die wulstigen Lippen. Er griff nach einem Stück Fasan, das der Trancheur auf einem Zinntellerchen vorbereitet hatte. „Mach schon. Aber sag uns zuerst, wer diese Kinder und die Katze sind!"

„Sie befreiten mich aus der Hand der Räuber", begann Blondel. „Die drei haben keine Eltern und keine Unterkunft, und deshalb bitte ich Euch, Kaiser Heinrich, dass sie auf der Burg bleiben dürfen. Sie könnten im Stall helfen oder König Löwenherz dienen."

„Von mir aus, sie sollen eine Kammer im Gesindehaus bekommen", sagte der Kaiser ungeduldig. „Aber was redest du da von Räubern?"

Die Gefährten warfen sich erleichterte Blicke zu. Sie durften bleiben!

Nun berichtete der Troubadour in allen Einzelheiten.

„Sie wollen das Lösegeld?", brauste Leopold auf. Er rammte sein Messer in ein Stück Fasanenbrust.

„Ja, Erzherzog."

„Das ist doch lächerlich", sagte Kaiser Heinrich. Im Gegensatz zu Leopold war er ruhig geblieben. „Niemand wird sich des Geldes bemächtigen."

„Doch, wir schon", sagte Leopold und setzte ein listiges Lächeln auf.

„Schweig!", fuhr der Kaiser ihn an.

Beleidigt verschränkte der Erzherzog die Arme vor der Brust.

„Ja, leider wird es so sein, dass Ihr das Geld erpresst", sagte Löwenherz grimmig.

Der Kaiser hob seinen Becher. „Erpresst? Welch böses Wort. Es ist ein kleiner Ausgleich für Eure zahlreichen Verfehlungen. Aber das wollen wir hier nicht weiter vertiefen. Außerdem werdet Ihr bei uns doch bestens bewirtet, oder?"

Löwenherz schwieg.

„Wann erwartet Ihr den Geldtransport aus England?", wagte Julian zu fragen.

„Er ist schon auf dem Weg zur Burg", antwortete Löwenherz. „Meine Mutter Eleonore von Aquitanien begleitet ihn höchstpersönlich, während mein Bruder Johann Ohneland das Reich regiert. Eleonore wird dafür sorgen, dass das Geld sicher hier ankommt."

„Ja, hoffentlich", zischte Leopold.

Löwenherz warf ihm einen vernichtenden Blick zu. „Darauf dürft Ihr Euch verlassen. Der Weg ist streng geheim. Niemand weiß, wo sich der Transport genau aufhält – außer meiner Mutter und ihren Soldaten natürlich. Und diese Soldaten sind die besten, die mein Land zu bieten hat."

Der Kaiser tupfte sich die Mundwinkel mit einem Seidentuch ab. Dann schnippte er mit den Fingern. Augenblicklich erschien ein Diener, der sich fortlaufend verbeugte, während er sich näherte. „Schick einen Trupp Bogenschützen in den Wald", befahl der Kaiser ihm. „Sie sollen das Räubernest ausräuchern."

Nachdem der Diener sich den Standort des Lagers von Blondel hatte erklären lassen, verließ er mit eingezogenen Schultern den Saal.

„Auch ihr dürft euch nun zurückziehen", sagte Heinrich VI. jetzt zu Blondel und den Freunden.

„Ich komme mit", sagte Löwenherz und verließ grußlos die Tafel.

Der König ging voran. Über die breite Freitreppe gelangten sie in das Obergeschoss und von dort wieder in den Bergfried. Dort standen zwei Soldaten mit Langschwertern vor einer Kammer und starrten sie grimmig an.

„Was bewachen die denn?", fragte Leon, als sie an den Soldaten vorbeigegangen waren.

„Die *Reichskleinodien*", erklärte Blondel. „Dazu gehören Krone, Apfel und Kreuz. Sie symbolisieren die

Macht von Kaiser Heinrich. Kein Wunder, dass er sie gut bewachen lässt."

„Dürfen wir uns die mal anschauen?", preschte Julian vor.

„Warum nicht?", entgegnete Löwenherz freundlich. „Wenn uns die Wachen lassen ..."

Einer der Soldaten fragte beim Kaiser nach und erhielt die Erlaubnis, Löwenherz, Blondel und die Gefährten einen Blick auf die Kleinodien werfen zu lassen. Die Wertsachen befanden sich in mit Samt ausgeschlagenen Lederschatullen, die von den Wachmännern vorsichtig geöffnet wurden.

Zuerst durften sie das Kreuz aus Goldblech bewundern. Es war fast achtzig Zentimeter hoch und stand in einem Fuß aus Gold. Die Vorderseite des Kreuzes war über und über mit Perlen und Edelsteinen verziert. Die Kunstschmiede hatten die kostbaren Steine an den Rändern des Kreuzes platziert. Innen verliefen waagerecht und senkrecht je vier Reihen mit Perlen. In der Mitte des Kreuzes thronte ein großer Amethyst.

Dann konnten sie sich die prächtige Krone anschauen. Auf einer Platte an der Stirnseite saß erneut ein großer Amethyst, über dem sich eine *Crux gemmata* erhob, ein fein gearbeitetes Juwelenkreuz mit grünen, weißen und blauen Steinen.

„Auf dem Reichsapfel ist auch ein Kreuz mit Juwelen!", rief Kim begeistert, als sie sich schließlich dieses Kleinod ansahen. Es hatte etwa die Größe eines tatsächlichen Apfels, bestand aber aus Gold. Die Enden der mit Edelsteinen reich besetzten Kreuzbalken sahen aus wie Lilien.

Die Freunde hätten sich die Kleinodien gerne noch länger angesehen, aber die Wachen verschlossen die Lederschatullen wieder und scheuchten Richard Löwenherz, den Sänger und die Kinder aus der Kammer. Der König führte die Freunde noch ein Stockwerk höher und betrat ein Zimmer.

Nicht schlecht, dachte Kim, während sie sich umsah. Die Kammer war geräumig und hell. Durch die Fenster hatte man einen fantastischen Blick über den schneeüberzuckerten Pfälzer Wald.

Im Raum gab es ein breites Bett, einen langen Tisch mit Stühlen, eine Truhe mit Schloss und mehrere Kerzenständer. An den Wänden hingen sogar fein gewebte Wandteppiche.

Der König ließ sich auf einen der Stühle sinken und stützte seinen Kopf auf die Hände. Er wirkte nachdenklich. „Tja, es wird wirklich Zeit, dass ich aus diesem goldenen Käfig herauskomme", sagte Löwenherz, dem Kims neugierige Blicke offenbar nicht entgangen waren. „Denn jeder Tag, den mein Bruder Johann regiert, ist schlecht für mein Königreich."

„Allerdings", pflichtete Blondel ihm bei. „Johann ist gierig und grausam. Kein Wunder, dass das Volk ihn nicht mag. Du musst schnellstens zurückkehren, Richard."

In diesem Moment lief Kija zum König und strich ihm um die Beine.

„Kija!", rief Kim.

„Lass sie nur", sagte Löwenherz und nahm die Katze auf den Schoß. Kija blinzelte dem König zu, der sie zu streicheln begann.

„Hoffentlich kann ich hier bald weg. Glaubt mir, Heinrich und Leopold versorgen mich nicht aus Sympathie so gut. Leopold hasst mich sogar. Angeblich habe ich ihn beim Kreuzzug um seinen Anteil betrogen. Was für ein Unsinn! Aber für einen toten König würden sie kein Lösegeld bekommen – also achten sie darauf, dass es mir an nichts fehlt!" Löwenherz schüttelte den Kopf. Mit einem Mal wirkte er regelrecht verzweifelt.

„Diese Schurken! Sie machen gemeinsame Sache, wollen sich das Lösegeld teilen. Beide brauchen dringend Geld. Heinrich will einen teuren Feldzug nach Sizilien unternehmen, Leopold seine Stadt Wien mit einer Mauer versehen. Beide Vorhaben werden unendliche Summen verschlingen. Oh großer Gott, wie ich sie verachte! Mit dieser Lösegeldzahlung gerät mein Land an den Rand des Ruins. Aber genau das wollen diese Verbrecher erreichen."

In diesem Moment vernahm Kim ein Geräusch vor der Tür.

„Vorsicht, großer König", warnte Kim. „Wer weiß, ob jemand lauscht!"

Löwenherz machte eine wegwerfende Handbewegung. „Ist mir egal. Was habe ich noch zu verlieren …"

Kim war misstrauisch geworden. Ob wirklich jemand vor der Tür stand und die Ohren spitzte? Während sich die anderen über die neue Gefahr des Räuberüberfalls unterhielten, ging Kim zur Tür und riss sie auf. Und tatsächlich stand dort jemand: eine wunderschöne, junge Frau mit einem Krug.

Ein gefährlicher Auftrag

„Hast du mich aber erschreckt", sagte sie und lächelte freundlich. Die Frau mit den großen, braunen Augen, den vollen Lippen und der Stupsnase trug eine Haube über den blonden Locken und ein einfaches Kleid mit einer Schürze. Wahrscheinlich war sie eine Magd.

„Du hast gelauscht", sagte Kim unfreundlich.

Die Wangen der Frau färbten sich rot. „Wie bitte?", brauste sie auf. „Ich wollte doch nur Wein für den König bringen!"

„Was ist da los?", fragte Löwenherz und kam mit Blondel zur Tür.

„Oh, Isberga!", rief der Troubadour, sobald er die Frau erblickte. Nun hatten auch seine Wangen Farbe bekommen.

Die schöne Magd senkte den Blick. „Ich bringe Wein", sagte sie unterwürfig.

„Wie aufmerksam von dir", sagte Blondel begeistert. „Du kannst uns gern Gesellschaft leisten."

Die Magd lächelte verlegen. Offenbar fühlte sie sich geehrt.

„Nein", entschied Löwenherz barsch und schickte Isberga fort. „Ich möchte noch etwas mir dir bereden, Blondel."

„Äh, gut, mein König – wie du wünschst", erwiderte der Troubadour, während er der Magd versonnen hinterherschaute.

„Ich werde ihr ein Lied widmen", murmelte er und griff zur Fidel. „Da fällt mir doch auch schon etwas ein. Isberga, du bist so schön, bis ans Ende der Welt will ich mit dir geh'n. Und wenn du mal …"

Löwenherz donnerte mit der Faust auf den Tisch. „Hör mir zu, Herrgott noch mal!"

Erschreckt ließ Blondel sein Instrument sinken. „Was hast du denn?"

„Es geht um den Geldtransport", sagte der König leise. „Er ist in höchster Gefahr! Und hier auf der Burg können wir auch niemandem trauen!"

„Ja", mischte sich Kim ein. „Zum Beispiel Isberga. Ich bleibe dabei: Sie hat gerade gelauscht."

„Nein, das glaube ich nicht", sagte Blondel.

„Es geht nicht darum, was du glaubst, mein Freund", sagte Löwenherz etwas milder. „Und es geht jetzt auch nicht um Isberga. Es geht allein um die Tatsachen. Scheinbar haben es die Räuber auf den Transport abgesehen. Und ich bin mir nicht sicher, ob Heinrich und Leopold die Räuberbanden in der Gegend im Griff haben. Wir müssen etwas unternehmen!"

Kim, Leon und Julian schauten ihn interessiert an.

„Worauf willst du hinaus?", fragte Blondel.

„Du musst dem Transport entgegenreiten und meine Mutter warnen. Das Geld muss hier ankommen – sonst bin ich verloren. Wenn das Geld nicht gezahlt wird, lassen sie mich in einem Verlies verrotten", sagte Löwenherz.

„Selbstverständlich, mein König", sagte der Troubadour.

Löwenherz goss ihm und sich Wein ein. „Ich wusste, dass ich mich auf dich verlassen kann. Aber es wird ein höchst gefährlicher Auftrag. Du musst die Burg wieder verlassen. Aber Heinrich und Leopold dürfen nicht wissen, was du vorhast – ich traue ihnen nicht. Doch du wirst nicht allein reisen, mein treuer Freund."

„Dürfen wir mit?", preschte Leon vor.

Der König sah ihn überrascht an. „Das habe ich nicht gemeint …" Er warf einen fragenden Blick zu Blondel.

„Wenn ihr reiten könnt, so habe ich euch gern dabei. Im Schuppen habt ihr bewiesen, dass man euch gut gebrauchen kann", sagte der Troubadour.

Leon und Kim strahlten. Nur Julian wirkte etwas unschlüssig. Kija, die sich nach wie vor vom König streicheln ließ, fuhr unternehmungslustig ihre scharfen Krallen aus.

„In Ordnung", sagte der König. „Aber ich will dir einen weiteren Begleiter geben, Blondel." Er stand auf und schloss die Truhe auf. Als er sich wieder zu den anderen umdrehte, lag ein einmalig schönes Langschwert in seinen Händen. Dieser *Bidenhander* war etwa eineinhalb Meter lang. Die *Parierstange* bestand aus vergoldetem Kupfer, der Knauf aus Elfenbein hatte die Form eines Löwenkopfes. Die Klinge glänzte edel.

Blondels Kinnlade klappte herunter. „Excalibur! Das kann ich unmöglich annehmen."

„Nimm es, das ist ein Befehl", sagte der König. „Es soll dich auf deinem gefährlichen Weg beschützen!" Damit legte er die Waffe vor dem Troubadour auf den Tisch.

Vorsichtig fuhr Blondel über den blitzenden Stahl. „Danke, mein König", sagte er fassungslos. „Ich werde es dir ohne eine einzige Scharte zurückbringen, das schwöre ich bei Gott."

„Sorge dafür, dass das Geld gut zur Burg kommt und diese für mich so unwürdige Geschichte ein Ende nimmt", ordnete Löwenherz an. „Gleich morgen sollst du aufbrechen."

Blondel verneigte sich. „Dein Wunsch ist mir Befehl, mein König!"

„Und nun lasst mich allein", bat Löwenherz.

Isberga wies den Gefährten eine Kammer im Gesindehaus zu, wo sie schlafen konnten. Die Einrichtung bestand allerdings nur aus ein paar Strohsäcken, auf denen sie sich betten konnten.

„Immerhin einigermaßen sauber und trocken", urteilte Julian. Dann trieb Isberga sie zur Arbeit an – im Stall. Den Rest des Tages verbrachten die Freunde damit, Wasser von der Zisterne zu holen und die Pferde zu füttern. Dabei hatten sie auch kurz Gelegenheit, dem Hufschmied bei der Arbeit zuzuschauen. Die Kinder erkannten schnell, dass der Mann ein begnadeter Handwerker war. Auf seinem Amboss neben der *Esse*, deren Feuer von zwei Blasebälgen in Gang gehalten wurde, schmiedete er nicht nur Beschläge für die Streitrösser, sondern auch Torangeln, Nägel, Ketten und Eisenreifen für die Wagen. Dicke Lederschürzen schützten den Schmied und seinen Gehilfen, der die Blasebälge bediente, vor Funkenflug und Metallsplittern.

Den Freunden trat der Schweiß auf die Stirn. Es war extrem heiß in der Schmiede, das offene Feuer verwandelte den Raum in einen Backofen. Hinzu kam der Lärm – das Fauchen der Blasebälge, das Klirren, wenn der schwere Hammer das heiße Eisen traf, und das Zischen und Brodeln, sobald das Eisen zum Abhärten ins Wasser getaucht wurde.

Die Gefährten stürzten sich wieder in die Arbeit. Nach ungefähr zwei Stunden kamen mehrere Bogenschützen in den Stall und gaben ihre Pferde in die Obhut der Freunde. Dabei erfuhren Julian, Kim und Leon, dass die Suche nach den Räubern ergebnislos verlaufen war.

„Das macht unsere geheime Mission nicht einfacher." Julian seufzte. „Womöglich lauern die Räuber dem Geldtransport irgendwo auf."

Am Abend, es mochte gegen neun Uhr sein, war immer noch nicht Feierabend. Isberga scheuchte sie in die Burgküche, die wie das Backhaus unmittelbar an den Palas angrenzte. Dort drückte der Koch ihnen eine Kanne Wein und eine Platte mit Braten in die Hände.

„Bringt das zu diesem englischen König", sagte er mürrisch.

„Hoffentlich ist das unser letzter Auftrag", sagte Kim. „Ich bin ziemlich müde."

Als die Freunde den Bergfried betraten, drang Gelächter an ihre Ohren. Es kam vom Kaisersaal.

„Die scheinen ja bester Laune zu sein", sagte Leon düster. „Möchte mal wissen, warum …"

„Schauen wir doch einfach vorbei", schlug Kim vor. „Mehr als wegjagen kann man uns nicht."

Also machten sie den kleinen Umweg zum Palas. Die Tür stand offen und war unbewacht. Vorsichtig spähten die Freunde hinein. Heinrich und Leopold tafelten gerade. Vor ihnen türmten sich Wildbret, Brot und kannenweise Wein. Gerade goss der *Mundschenk* nach.

„Wo bleiben die Waldschnepfen und die Birnen in Sirup?", brüllte der Kaiser gerade wütend.

„Sofort, Majestät!", kam es von einem der Diener.

„Und vergesst die Mandelcreme nicht!", blaffte der Erzherzog.

„Niemals!", versprach der Diener und kam auf die Freunde zu, die sofort zurück in den Bergfried flitzten.

Dort lieferten sie das späte Abendbrot bei Löwenherz ab. Der König war in eine Unterhaltung mit Blondel vertieft.

Er bedankte sich bei den Freunden und sagte zum Abschied: „Haltet euch morgen in aller Frühe bereit."

„Ja", ergänzte der Troubadour. „Ich werde bei Sonnenaufgang im Stall sein. Dann brechen wir sofort auf – oder habt ihr es euch anders überlegt?"

„Nein!", sagte Leon.

„Ich könnte es verstehen. Ihr seid noch jung – und dieser Ritt könnte euer letzter sein."

Julian schluckte. Aber er sagte nichts.

Schweigend liefen sie zurück. Kija sprang voran. Im Erdgeschoss blieb die Katze jedoch stehen.

„Was hast du?", fragte Kim leise.

Kija drückte sich dicht an die Mauer und drehte die Ohrmuscheln nach vorn. Dann schlich sie Richtung Kaisersaal.

Das Mädchen verstand, wandte sich zu Leon und Julian um und legte einen Finger auf die Lippen. Auf Zehenspitzen folgten die Freunde der Katze und spähten erneut in den Saal.

Heinrich und Leopold saßen nach wie vor an der Tafel. Das Essen war bereits abgeräumt, kein Diener zu sehen.

„Ich war es, der diesen Löwenherz gefangen hat", lallte Leopold gerade. Er schien reichlich betrunken zu sein. Sein glasiger Blick wanderte ziellos durch den Saal und richtete sich schließlich auf die Tür. Blitzschnell gingen die Gefährten hinter einem der dichten Wollvorhänge in Deckung.

„Das mag ja sein, mein lieber Leopold, aber ...", hob Heinrich VI. an, doch der Erzherzog unterbrach ihn.

„Hör bloß auf mit *lieber Leopold*", giftete er.

„Und du wirst mich nicht mehr unterbrechen", erwiderte der Kaiser erbost. „Das ziemt sich nicht für einen Erzherzog!"

Kim wagte es, wieder hinter dem Vorhang hervorzuspähen. Leopold schaute jetzt den Kaiser an.

„Ach ja?", brüllte Leopold. Er knallte seinen Pokal auf den Tisch, dass die Tropfen nur so flogen.

„Allerdings", erwiderte Heinrich kalt. „Du vergisst dich, Leopold. Du vergisst, wer du bist und wo dein Platz ist!"

Leopolds Augen traten ihm förmlich aus dem Kopf. „Mag sein, dass ich nur ein kleiner Erzherzog bin, mein *großer*, herrlicher und unfehlbarer Kaiser! Aber ich war es, der diesen Nichtsnutz namens Löwenherz festgenommen hat. Und jetzt ist er zu etwas nütze. Denn ich war es, der ihn auf deine Burg gebracht hat. Und deshalb bekomme ich mehr als die Hälfte des Lösegeldes!"

Der Kaiser lachte hohl. „Gar nichts wirst du, Leopold. Denn ohne meine Hilfe würdest du ganz leer ausgehen. Ein Erzherzog darf keinen König festhalten, ein Kaiser aber schon. Und das weißt du auch. Also ist es sogar großzügig von mir, dir die Hälfte zu geben."

Leopold stand ruckartig auf. Schwankend hielt er sich an der Stuhllehne fest. „Großzügig? Ha! Du bist einfach nur gierig, genau, du bist ein gieriger Geizkragen!"

Nun erhob sich der Kaiser ebenfalls. „Du bist betrunken, Leopold. Sei froh, sonst würde ich dich in den Kerker zu den Ratten werfen lassen." Mit diesen Worten verließ er die Tafel und kam genau auf Kim, Leon und Julian zu.

Die Freunde machten sich hinter dem Vorhang so klein es ging. Sie hatten Glück: Der Kaiser rauschte an ihnen vorbei, ohne sie zu bemerken.

Leopold blieb allein im Saal zurück. Die Kinder beobachteten, wie er den Pokal in einem Zug austrank und sich schwerfällig auf seinen Stuhl fallen ließ.

„Dieser verfluchte Kaiser", brabbelte Leopold vor sich hin. „Behandelt mich von oben herab. Was glaubt der denn, wer er ist? Ohne mich könnte er niemals zu seinem Feldzug nach Sizilien aufbrechen. Aber das sieht er nicht."

Der Erzherzog griff nach der Kanne und goss sich nach. Unvermittelt begann er zu kichern.

„Aber er wird schon sehen, der große Kaiser, was dem kleinen Erzherzog so alles einfällt", lallte Leopold. „Und er wird staunen. Ja, staunen wird er."

Seine Stimme wurde leiser und verstummte schließlich. Leopold bettete seinen Kopf auf den Tisch. Kurz darauf war ein lautes Schnarchen zu hören.

Die Freunde nickten einander zu. Leise verließen sie ihren Horchposten und liefen rasch in ihre Kammer im Gesindehaus.

„Ich fasse es nicht", sagte Kim, sobald sie die Tür hinter sich geschlossen hatten. „Die streiten sich um Geld, das sie noch gar nicht haben."

„Klingt ganz so, als plane Leopold irgendetwas", sagte Julian.

„Weiß nicht. Der Kerl war ja sturzbetrunken", gab Leon zu bedenken.

Julian hockte sich auf einen der Strohsäcke und nahm die Katze auf den Schoß. „Kija hat uns überhaupt erst auf die Idee gebracht, die beiden zu belauschen", sagte er. „Und ihr wisst ja: Kija macht nie etwas ohne Sinn. Ich sage euch, wir sollten diesen Leopold im Auge behalten. Der Mann spielt falsch!"

Die Finte

Am nächsten Morgen weckte Blondel die Gefährten in aller Frühe.

„Es geht los", sagte er leise. „Seid ihr bereit?"

„Ja!", antwortete Kim stellvertretend für die beiden anderen.

„Na dann ...", sagte Blondel und lief voran in den Stall. Dabei sahen die Freunde, dass der Troubadour das einzigartige Schwert Excalibur am Gürtel trug.

„Sucht euch jeder eines dieser Pferde aus", sagte Blondel und deutete auf eine Box, in der sieben Pferde standen.

„Aussuchen?", fragte Julian ungläubig.

„Ja, sie gehören meinem König. Als er festgenommen wurde, war er ja nicht allein, sondern hatte einige Getreue bei sich. Auch sie werden auf der Burg festgehalten. Und das sind ihre Pferde. Und nun beeilt euch und sattelt die Tiere!"

Die Freunde gehorchten. Zehn Minuten später ritten sie mit Blondel über den Burghof. Die Tür des Gesindehauses öffnete sich, und der *Latrinenmann* schlurfte gähnend heraus. Er hatte eine Schaufel geschultert und trug einen Eimer.

Kija hockte diesmal im warmen Wams von Julian. Der Frühnebel hatte den gewaltigen Bergfried in feuchte Watte gepackt. Um sie herum wirbelten feine Schneeflocken vom Himmel. Am Brunnentor hielten zwei Wachsoldaten den kleinen Reitertrupp auf.

„Wohin soll's denn gehen?", fragte einer der Männer und gähnte. Er wirkte nicht besonders interessiert, schien aber seiner Pflicht nachkommen zu wollen.

Die Freunde warfen einander bange Blicke zu. War ihre Reise schon zu Ende, bevor sie überhaupt begonnen hatte?

„Lasst uns durch", entgegnete Blondel freundlich. „Wir wollen in den Wald, um ein Lied zu schreiben."

Der Wachsoldat sah den Troubadour an, als wäre dieser verrückt. „Ein Lied schreiben? Im Wald, im Schnee?"

„Ja", entgegnete Blondel. „Nur dort hat man die nötige Ruhe, nur dort küsst einen die Muse, verstehst du?"

Dem Soldaten war deutlich anzusehen, dass er das nicht verstand. „Die Muse, ach so", sagte er und schaute fragend zu dem anderen Soldaten. Der hob nur die Schultern und begann auf der Stelle zu treten. Offenbar war ihm kalt.

Jetzt zwinkerte Blondel den beiden zu. „Es ist ein Lied für die schöne Isberga ..."

Ein Leuchten ging über die Gesichter der Wachmänner.

„Oh, jetzt verstehe ich!", sagte der eine.

Und der andere fügte grinsend hinzu: „Dann lasst euch mal küssen von der Muse."

Sie ließen Blondel und die Kinder passieren.

„Das ist ja noch mal gut gegangen", sagte Kim froh, als sie in den Wald ritten. „Aber woher weißt du eigentlich, wohin wir reiten müssen? Ich dachte, der Weg, den der Geldtransport nimmt, sei streng geheim."

Blondel lachte. „Da hat König Löwenherz nicht ganz die Wahrheit gesagt. Bedenkt, dass Heinrich und Leopold dabei waren, als er dies behauptete. Eleonore hat Löwenherz vor einigen Tagen einen versiegelten Brief zukommen lassen. Und darin war der Weg beschrieben, den sie mit dem Geld wählen will. Löwenherz zeigte mir das Schreiben, bevor er es vernichtete. Wir müssen Richtung *Pirmasens.*" Dann gab er seinem Pferd die Sporen und zog das Tempo an.

Sie ritten jetzt über einen schmalen Weg. Der Wald um sie herum lag wie in eisigem Schlaf.

Julian überholte Kim. Der Junge hielt sich mit leicht gequältem Gesicht auf seinem Pferd, während Kija mit großen Augen aus seiner Jacke herausschaute.

„Mir tut jetzt schon jeder Knochen weh, ich werde nie ein großer Reiter", jammerte Julian.

Kim kicherte. „Besondere Haltungsnoten bekommst du wirklich nicht."

Nun zog auch Leon an ihr vorbei. Im Gegensatz zu Julian hielt er sich ziemlich gut im Sattel.

Kim klopfte ihrem Schimmel den Hals und spornte ihn zu etwas mehr Tempo an. Ein Wiehern erklang – und Kim erschrak. Denn es war nicht ihr Pferd gewesen, das gewiehert hatte. Das Geräusch war von hinten gekommen. Wurden sie etwa verfolgt?

Kim drehte sich um und glaubte, schräg hinter sich zwischen den dunklen Stämmen die Silhouette eines Pferdes mit einem Reiter zu sehen. Kim stockte der Atem. Hatte Isberga doch gelauscht, wusste sie von ihrem Auftrag und wurden sie jetzt gejagt?

„Blondel!", rief Kim. „Warte!"

„Was hast du?", fragte der Troubadour und zügelte sein Pferd.

„Hinter uns ist jemand", sagte das Mädchen und deutete auf die Baumstämme.

„Ich sehe niemanden", sagte Blondel.

Kim seufzte. In der Tat war dort nichts zu sehen – außer Eichen. Aber gerade war dort auch ein Reiter gewesen! Oder hatte ihre Fantasie ihr einen Streich gespielt?

„Wir müssen weiter. Je früher wir Königin Eleonore erreichen, umso besser", verkündete der Troubadour.

Kim blieb nun äußerst wachsam. Immer wieder schaute sie sich um. Stunde um Stunde verging, aber einen fremden Reiter konnte sie nicht mehr entdecken. Allmählich wurde Kim ruhiger.

Gegen Mittag machten sie eine kurze Rast in einem einfachen Gasthof. Blondel ließ die Pferde versorgen, dann lud er die Gefährten zu Brot und Käse ins Wirtshaus ein. Doch schon bald trieb er sie weiter.

Die Dämmerung kroch bereits in die Baumwipfel, als der Troubadour, der wieder voranritt, die Hand hob und sein Pferd stoppte. Die Freunde zügelten ihre Pferde ebenfalls. Gebannt schauten sie zu Blondel, der angestrengt lauschte.

„Pferde …", murmelte der Troubadour. „Ich höre viele Pferde."

„Ich auch!", rief Julian aufgeregt.

„Womöglich ist es die Königin mit dem Transport. Wir müssten kurz vor Pirmasens sein. Und genau hier hoffe ich auf den Transport zu treffen. Finden wir es heraus. Doch seid auf der Hut!" Mit diesen Worten ließ Blondel sein Pferd lostraben. Der Weg machte einen leichten Rechtsbogen – und dann tauchten vor ihnen drei mit Planen abgedeckte Wagen auf, die von mehreren Reitern eskortiert wurden. Dahinter rollte ein vierter, jedoch kleinerer Wagen, neben dem Fußsoldaten liefen.

„Das müssen sie sein!", rief Blondel erfreut. „In den vorderen Wagen ist das Lösegeld versteckt, im letzten Wagen reist die Königin!"

Er winkte und galoppierte auf den Tross zu.

In diesem Augenblick erklangen furchterregende Schreie. Aus dem Unterholz rechts und links des Weges brachen Gestalten hervor und griffen den Tross an. Sie waren teils in Lumpen gekleidet, aber bis zu den Zähnen bewaffnet.

„Räuber!", schrie Leon. Dann erkannte er einen Mann, von dem er gehofft hatte, dass er ihn nie wieder sehen würde: Wigmar.

„Runter von den Pferden!", brüllte Julian. „Wir müssen uns verstecken!"

Er sprang vom Pferd und schaute sich um. Ein Baum mit kräftigen, niedrigen Ästen geriet in sein Blickfeld. Ohne groß nachzudenken, kletterte der Junge mit Kija hinauf. Kim und Leon folgten den beiden.

Zitternd klammerten sie sich in etwa vier Metern Höhe an stabile Äste und starrten nach unten zu den Wagen.

Dort saß Blondel auf seinem Pferd und schwang beidhändig das Schwert Excalibur. Die Feinde flohen vor seinen kräftigen Hieben oder duckten sich unter ihren Schilden, die jedoch zersplitterten wie trockenes Feuerholz, wenn die mächtige Waffe sie traf.

Doch die Übermacht war einfach zu groß. Die Räuber griffen immer wieder von allen Seiten an und zogen sich daraufhin ein paar Meter zurück, um dann aufs Neue zu attackieren. Angriffswoge auf Angriffswoge schwappte auf die Verteidiger zu. Raue Kampfschreie ertönten. Wiehernd bäumten sich die Pferde der berittenen Soldaten auf und drohten durchzugehen. Stahl traf Stahl und ließ die Funken fliegen. Pfeile pfiffen, *Streitkolben* wurden geschwungen und Lanzen geworfen.

Dann geschah etwas Unerwartetes. Wie auf ein heimliches Signal hin zogen sich die Soldaten zurück.

„Sie fliehen!", rief Leon entrüstet. „Sie lassen die Königin und Blondel einfach im Stich!"

Wenig später waren die Soldaten im Wald verschwunden.

Nur Blondel wehrte sich nach wie vor gegen die Übermacht, ließ das Schwert über seinem Kopf kreisen und hieb auf die Feinde ein. Doch dann wurde er nur um Haaresbreite von einem Pfeil verfehlt. Er schien zu erkennen, dass er auf verlorenem Posten stand, und floh ebenfalls.

„Die arme Königin", wisperte Kim.

Die Räuber lachten. Sie tanzten um die Wagen herum, bis Wigmar brüllte: „Genug! Wer weiß, ob die

Hasenfüße Verstärkung holen. Lasst uns doch mal die Beute anschauen!"

Zustimmendes Gegröle war die Antwort.

„Ja, eine echte Königin möchte ich doch zu gern mal aus der Nähe sehen", sagte Wigmar feixend und schritt auf den kleinsten der Wagen zu.

„Hoffentlich tun sie ihr nichts", sagte Julian in ihrem Versteck.

„Das glaube ich nicht", erwiderte Leon. „Vermutlich wollen sie die Königin als Geisel nehmen und für sie ebenfalls Lösegeld verlangen. Ich möchte zu gern wissen, woher die Räuber gewusst haben, welchen Weg der Transport nimmt!"

Nachdenklich spielte Kim mit einer Haarsträhne. „Vielleicht hat man uns doch verfolgt, Jungs. Ich vermute, dass Isberga dahintersteckt!"

Jetzt machte Wigmar eine übertriebene Verbeugung vor dem Wagen und höhnte: „Darf ich untertänigst bitten, meine hochverehrte Königin? Wir können es kaum erwarten, Euch zu sehen."

Schallendes Gelächter kam von seinen Leuten.

Aber im Wagen rührte sich nichts.

Entschlossen packte Wigmar die Plane und riss sie zur Seite. Mit einem Wutschrei sprang er zurück.

„Ich werde verrückt", flüsterte Kim und kicherte unterdrückt. „Da sitzt ja nur eine Puppe!"

Wigmar drohten fast die Augen aus dem Kopf zu springen. „Das darf ja wohl nicht wahr sein!", brüllte er und stieß die Strohpuppe von der Bank, auf der sie festgebunden war. „Man hat uns reingelegt!"

„Was ist mit den anderen Wagen, Wigmar?", rief einer seiner Komplizen.

„Ja, lass uns das Silber holen und abhauen!", schlug ein anderer vor.

Mit einem Knurren ging Wigmar zu einem der anderen Wagen und schlitzte dessen Plane auf.

„Kisten, überall Kisten!", verkündete er zufrieden. „An die Arbeit, Männer! Ladet die Truhen ab und packt sie auf die Pferde. Schnell!"

Die Räuber stürzten sich auf die Beute.

„Ein Glück, die sind ziemlich leicht. Da müssen wir nicht so schwer schleppen!", sagte einer der Räuber mit einem etwas dümmlichen Grinsen zu Wigmar, der breitbeinig neben dem Wagen stand und keine Hand rührte.

„Leicht? Was heißt hier leicht?", fragte der Anführer argwöhnisch. Er sprang auf den Wagen und zertrümmerte mit einem Schwerthieb das Schloss einer Kiste.

Von ihrem Baum aus konnten die Gefährten sehen, wie Wigmar den Deckel anhob – und vor Wut puterrot wurde.

„Kein Wunder, dass die Kiste leicht ist, du Hohlkopf!", geiferte er. „Das verfluchte Ding ist leer!"

Jetzt öffneten die Räuber eine Truhe nach der anderen. Doch sie fanden keine einzige Silbermark.

Verdattert schaute Leon seine Freunde an. „Eine Finte, es war eine Finte – die haben die Räuber reingelegt!"

„Ja", grübelte Julian laut. „Aber wo ist das Geld dann? Und wo ist die Königin?"

Ein Licht in der Nacht

Wütend verschwanden die Räuber im Pfälzer Wald. Sie ließen die Wagen zurück, nahmen aber die Pferde mit – auch die der Gefährten.

Nun wagten sich die Freunde von ihrem Baum.

„So ein Mist, jetzt müssen wir zu Fuß weiter", schimpfte Leon, als er unten war.

„Weiter? Wohin denn weiter?", fragte Kim.

„Wir müssen zurück zur Burg Trifels", schlug Julian vor. „Wir brauchen doch nur dem Weg zu folgen."

Leon seufzte. „Das ist aber ein sehr, sehr langer Weg zu Fuß …"

„Ja, aber was sollen wir sonst tun?" Julian sah seine Freunde an. „Wollt ihr etwa hier übernachten?"

Leon und Kim schüttelten die Köpfe. Also ließ Julian die Katze auf den Boden. Schweigend marschierten sie los.

Die Kälte nahm den Wald in Besitz. Es schien, als würde sie ihn einfrieren und alles Leben in ihm erstarren lassen. Die Äste der Bäume, die auf den Weg ragten wie dürre Finger, rührten sich keinen Millimeter. Sogar der Wind hatte eine Atempause, kein Lüftchen regte sich. Rechts und links des Weges kauerten die Büsche wie formlose dunkle Geschöpfe unter den Eichen.

Julian, der über viel Fantasie verfügte, sah sie langsam auf sich zukriechen. Der Junge wischte sich über die Augen, um die Schatten der Furcht zu vertreiben. Doch das beklemmende Gefühl in seiner Brust wollte nicht weichen.

Eine halbe Stunde mochte vergangen sein, vielleicht auch eine Stunde. Julian, Kim und Leon hatten jedes Zeitgefühl verloren. Inzwischen war die Dunkelheit fast vollkommen, weil sich der Mond hinter Wolken verkrochen hatte. Sie konnten sich allein am Schnee orientieren, durch den der Pfad trotz der Dunkelheit im Dickicht zu erkennen war. Niemand wusste, wo sie genau waren.

„Hier ist eine Gabelung", sagte Julian unvermittelt.

Sie standen auf einer kleinen Lichtung, von der zwei Wege abgingen.

„Nach links – oder?", sagte Kim, die sich keinesfalls sicher war.

„Ne, eher nach rechts", glaubten dagegen Julian und Leon.

Sie beratschlagten kurz und entschieden sich dann für den rechten Pfad.

Weiter ging es durch den Pfälzer Wald. Julian kam es so vor, als ob sie unendlich langsam vorankämen. Wie weit war es nur bis zur Burg? Hatten sie überhaupt genug Kraft für den langen Marsch? Plötzlich streifte etwas seinen Arm und der Junge sprang beiseite.

„Was ist?", fragte Kim hinter ihm. Ihre Stimme bebte.

Julian starrte zum Wegesrand. „Weiß nicht", flüsterte er. Sein Herz hämmerte. Hoffentlich hatte er im Vorbeigehen nur ein paar tief hängende Äste berührt.

„He, hört mal", zischte Leon in diesem Augenblick.

Alle spitzten die Ohren.

Ein dumpfes Getrappel. Der Boden vibrierte ganz leicht.

„Pferde", murmelte Leon. „Das Geräusch wird lauter. Da kommen Reiter auf uns zu!"

„Die Räuber!", stieß Kim hervor. „Sie suchen uns!"

„Glaube ich nicht", sagte Julian. Jedenfalls hoffte er es. „Die wissen doch gar nicht, dass wir Blondel begleitet haben."

Kim lachte leise. „Sei dir da lieber nicht so sicher. Womöglich haben sie uns beobachtet, als wir heute Morgen die Burg verlassen haben!"

Leon zog seine Freunde ins Dickicht. „Keine Zeit für Diskussionen. Wer immer es ist, wir sollten erst mal in Deckung gehen."

Dornen zerkratzten ihre Hände, als sie die Zweige eines Busches auseinanderbogen, um sich darin zu verstecken. Dicht an dicht kauerten sie sich hin und spähten auf den dunklen Pfad.

Das Hufgetrappel wurde jetzt noch lauter. Plötzlich tauchte ein Lichtschein auf.

Kija, die zwischen Kims Füßen saß, wurde unruhig. Die Katze maunzte.

„Psst, sei still", warnte Kim.

Aber Kija dachte gar nicht daran. Sie huschte aus dem Versteck und war verschwunden.

„Kija!", rief Kim verzweifelt.

„Bitte sei still!", flehte Leon. „Du bringst uns alle in Gefahr!"

Nun wurde das Licht heller. Es tanzte über den Weg wie die Positionslampe eines Schiffs auf hoher See. Stimmen erklangen – und ein Gesang. Aber es war nicht irgendein Gesang – nein, diesen Gesang kannten die Gefährten!

„Blondel!", rief Kim voller Freude. Sie schlüpfte mit Leon und Julian aus dem Busch. Auf dem Weg kauerte Kija und blickte den Freunden triumphierend entgegen.

„Halt!", rief der erste Reiter, der eine Laterne trug. Er sprang vom Pferd. Es war Blondel!

„Ja, wen haben wir denn da?" Er lachte. „Eine Katze und drei Kinder. Nach euch haben wir gesucht!"

Kim wäre ihm am liebsten um den Hals gefallen. „Oh, was für ein Glück! Die Räuber haben unsere Pferde gestohlen."

„Ja, das haben wir uns gedacht", sagte der Troubadour. „Unmittelbar nach dem Angriff der Räuber bin ich mit den Soldaten der Königin zu einem Bauernhof gelaufen. Dort besorgten wir uns neue Pferde. Dann machten wir uns auf die Suche nach euch."

Julian sah Blondel zweifelnd an. „Warum sind die Soldaten weggelaufen? Wo ist die Königin, und wo ist das Lösegeld für König Löwenherz?"

Der Troubadour lächelte. „Es war ein Täuschungsmanöver, habe ich inzwischen erfahren. Unsere Königin wählte doch einen anderen Weg, als sie im Brief an Löwenherz ankündigte. Eine reine Vorsichtsmaßnahme. Aber jetzt genug der Fragen. Wir sollten schnell in ein Gasthaus."

„Ein Gasthaus?", fragte Kim.

„Ja", erwiderte Blondel. „Bis zur Burg ist es jetzt zu weit. Wir werden unterwegs übernachten." Er gab seinen Männern ein Zeichen. Drei Pferde wurden nach vorn gebracht.

„Danke", sagte Julian erleichtert. Noch nie war er so

froh gewesen, ein Pferd zu sehen. Er, Kim und Leon stiegen auf und ritten hinter dem Troubadour und den anderen zehn Männern her. Kija hatte wieder ihren Platz in Julians Wams bezogen.

Nach einer weiteren Stunde erreichten sie ein zweigeschossiges, lang gezogenes Holzhaus, vor dessen Tür eine einsame Laterne hing, deren Schein auf ein Schild fiel: Zum Kutscher.

„Die Herberge hat nicht den besten Ruf", verkündete Blondel, während er aus dem Sattel glitt. „Aber für eine Nacht wird es reichen."

„Was stimmt denn nicht mit diesem Haus?", wollte Leon wissen.

Der Troubadour legte den Kopf schief. „Nun ja, es soll hier ziemlich viel Ungeziefer geben, das Essen soll mies und der Wirt unverschämt sein. Außerdem hört man, dass hier jede Menge Gesindel verkehrt."

Er ging zur Tür, riss sie auf und brüllte etwas hinein. Kurz darauf erschien ein unglaublich schmutziger Knecht und führte die Tiere in den angrenzenden Stall. Dann betraten die Gefährten mit Blondel und den Soldaten den verräucherten, völlig schmucklosen Schankraum, in dem nur noch zwei Gäste über ihren Krügen brüteten. Der Wirt, ein spindeldürrer Mann mit schütterem Haar, starrte die späten Gäste mürrisch an.

„Hast du noch Zimmer frei?", fragte Blondel.

Der Wirt deutete mit dem Daumen zur Decke. „Die Gastzimmer sind oben. Am Ende des Ganges liegen fünf Räume. Die könnt ihr haben."

Wortlos stapfte der Troubadour die Treppe hinauf. Die anderen folgten ihm. Blondel teilte die Zimmer auf. Die Gefährten erhielten eine eigene Kammer.

„Hier ist es wirklich reichlich schmuddelig", beschwerte sich Kim. Strohsäcke, ein paar löchrige Decken – das war's.

„Mach die Augen zu, dann siehst du das ganze Elend nicht", schlug Leon vor.

„Augen zu? Nein", entgegnete Julian. „Ich will unbedingt noch wissen, was mit der Königin und dem Geld geschehen ist!"

Und so klopften sie bei Blondel an. Der Troubadour ließ sie herein, und Julian wiederholte seine Fragen.

Blondel senkte die Stimme. „Die Summe ist unglaublich hoch", sagte er. „Und deshalb sind besondere Vorsichtsmaßnahmen erforderlich, versteht ihr?"

Die Gefährten nickten.

„Ich habe von den Soldaten erfahren", fuhr der Troubadour fort, „dass das Geld in einem völlig unauffälligen Transport unterwegs zum Trifels ist. Die Königin hat sich verkleidet. Aber niemand weiß Genaueres. Alles ist streng geheim. Und außerdem haben wir …"

„Psst!", machte Julian. Ein Geräusch vom Flur hatte

ihn alarmiert. Stand da etwa wieder jemand und spitzte die Ohren?

Der Junge sprang auf. Dabei fiel der Schemel um, auf dem er gesessen hatte. Während Julian zur Tür lief, glaubte er eilige Schritte vom Flur zu hören. Er riss die Tür auf. Doch da war niemand.

„Setz dich", sagte Blondel. „Hier sind wir sicher. Niemand kann wissen, dass wir hier sind."

Doch davon war Julian keineswegs überzeugt. Er vermutete, dass das Gasthaus Ohren hatte, und beschloss, in dieser Nacht trotz aller Müdigkeit höchst wachsam zu bleiben.

Der Mann mit der Maske

Kurz darauf lag Julian auf seinem Lager. Es war furchtbar ungemütlich. Ständig piekste ihn irgendetwas. Der Junge hoffte inständig, dass es nicht Flöhe waren, die, glücklich über den Mitternachtsimbiss, auf ihm herumhüpften.

Julian lauschte den leisen Atemzügen von Kim und Leon. Er überlegte, ob er es sich erlauben durfte, ebenfalls zu schlafen. Der Gedanke war einfach zu verlockend.

Der Junge drehte den Kopf zur Seite. Im schwachen Mondlicht, das durch das kleine Fenster in die Kammer rieselte, sah er Kija auf sich zukommen. Die Katze sprang auf Julians Lager und legte sich auf seinen Bauch. Dort rollte sie sich zusammen und blinzelte Julian aus halb geöffneten Augen an. Julian legte seine Hände um den warmen Körper des Tieres. Kija schnurrte leise, und Julian lächelte in der Dunkelheit, bevor er in einen traumlosen Schlaf fiel.

Stunden später wurde er wachgekitzelt. Er schreckte

hoch – und blickte in Kijas Gesicht. Julian ahnte, dass es die feinen Barthaare der Katze gewesen waren, die ihn geweckt hatten.

„Nicht jetzt", murmelte Julian und wollte die Katze zurückschieben. Doch dann registrierte er, dass Kija keineswegs mit ihm spielen wollte. In ihren weit aufgerissenen Augen lag eine Warnung. Sie zitterte.

„Was hast du?", fragte er und spürte, wie Kijas Nervosität auf ihn überging. Irgendetwas musste vorgefallen sein. Er rappelte sich auf. Mit einem Satz war Kija auf dem Boden und weckte Leon und Kim.

Inzwischen war Julian bereits an der Tür.

„Was'n los?", wollte jetzt auch Leon wissen und gähnte herzhaft.

„Keine Ahnung", gab Julian zu.

Kija witschte zwischen seinen Füßen hindurch und lief auf den Gang. Ihre Rückenhaare waren gesträubt, als wären es Drahtborsten. Julian sah, dass die Katze die wenigen Meter zur nächsten Kammer lief. Dort schlief Blondel.

Julian gab seinen Freunden ein Zeichen. Dann schlichen sie der Katze hinterher.

Inzwischen hockte Kija vor der Tür zur Kammer des Troubadours. Als Julian dort ankam, hörte er leise, zischende Stimmen. Was ging da drinnen vor? Blondel schlief doch allein.

Julian bückte sich und riskierte einen Blick durchs Schlüsselloch. Was er dort sah, raubte ihm den Atem. Im Licht einer Kerze saß Blondel auf einem Stuhl. Rechts und links neben ihm standen zwei Männer, die ihn mit Messern bedrohten. Julian erkannte die beiden Kerle – sie gehörten zur Räuberbande.

Aber noch furchteinflößender war ein ganz in Schwarz gekleideter Mann, der rittlings auf einem weiteren Stuhl hockte und Blondel drohend fixierte. Dieser Mann trug eine kunstvoll gearbeitete Ledermaske mit zahlreichen Stickereien und zwei Schlitzen für die Augen sowie einer Öffnung für den Mund.

Der unbekannte Anführer!, schoss es Julian durch den Kopf. Er musste schlucken.

„Los, raus mit der Sprache, Sänger!", zischte einer der Räuber. „Du kannst dein kleines, armseliges Leben retten, wenn du uns endlich sagst, wo der Transport mit dem Geld ist!"

Blondel schüttelte nur den Kopf. Trotz lag in seinen Augen. „Auch wenn ich es wüsste, würde ich es euch nicht verraten!", sagte er mit unterdrückter Wut.

„Glaub mir, wir bringen dich schon zum Sprechen", kündigte der Räuber an.

Jetzt schlug der Mann mit der Maske seinen schwarzen Wollmantel zurück und zog einen Dolch mit einem vergoldeten Griff. Der blanke Stahl der Klinge funkelte im Kerzenlicht. Er richtete die Waffe auf das Herz des Troubadours, sagte aber nach wie vor kein Wort.

Auf Blondels Stirn erschien ein Schweißtropfen.

„Angst?", fragte einer der Räuber. Seine Stimme war rau und abgrundtief böse. „Angst ist gut, Blondel. Ich liebe sie, die Angst. Denn Angst regiert die Welt, sie bestimmt den Lauf der Dinge. Und sie wird auch dich regieren. Denn du wirst jetzt endlich den Mund aufmachen, sonst …" Der Räuber fuhr sich mit dem Zeigefinger über den Hals.

Blondels Kehlkopf begann zu hüpfen.

Julian gab das Zeichen zum Rückzug. Als sie ein paar Meter von Blondels Zimmer entfernt waren, informierte er seine Freunde in wenigen Stichworten.

„Wir müssen die Soldaten alarmieren", zischte Leon und rannte auch schon zum nächsten Zimmer.

Die Gefährten rissen die Soldaten aus dem Schlaf. Sie waren sogleich hellwach, zogen ihre Schwerter und hetzten zu Blondels Kammer. Kurzerhand traten sie die Tür ein und stürmten in den Raum.

Vom Gang aus sahen die Freunde, wie sich die Räuber den Angreifern entgegenwarfen. Ein heftiger

Kampf entbrannte. Der Mann mit der Maske schleuderte einen Stuhl ins Getümmel. Dann löschte er die Kerze. Plötzlich war alles finster. Schreie und Flüche ertönten. Offenbar wusste niemand, mit wem er gerade kämpfte.

„Licht, verdammt noch mal, Licht!", schrie Blondel.

Leon reagierte am schnellsten. Er rannte den Gang hinunter. Doch da kam ihm auch schon der Wirt mit einer Laterne entgegen und verstellte ihm den Weg. Seine Augen funkelten misstrauisch.

„Was ist denn hier los?", geiferte er.

Anstatt zu antworten, riss Leon ihm das Licht aus der Hand und sauste zurück zu Blondels Kammer.

Dann ging alles blitzschnell. Die Räuber wurden überwältigt – aber der Mann mit der Maske war verschwunden.

„Das Fenster!", rief Leon. „Er ist durchs Fenster entkommen."

Der Troubadour verzog das Gesicht, als habe er Zahnschmerzen. „Das darf doch nicht wahr sein", knirschte er. „Holt ihn euch, Männer!"

Sofort setzten einige der Soldaten dem Fliehenden nach, während die anderen Blondel losbanden und die beiden Räuber fesselten.

„Ich will jetzt eine Antwort: Was ist hier los?", keifte der Wirt, der in der Tür stand. Erst jetzt fiel den Freunden auf, dass er ein langes, weißes Nachthemd trug. Fast hätten sie gelacht.

Der Troubadour stand auf und knallte dem Wirt die Tür vor der Nase zu.

„Danke für eure Hilfe!", sagte Blondel zu Julian, Kim und Leon. Dann fügte er nachdenklich hinzu: „In der Dunkelheit werden wir den Mann mit der Maske wohl kaum finden."

„Wer ist der Kerl?", fragte Julian. „Hast du ihn erkannt, vielleicht an der Stimme?"

„Nein", sagte der Troubadour und seufzte. „Er hat keinen Ton gesagt, das ist es ja … Aber wir haben ja noch unsere beiden Räuber. Und diese werden uns bestimmt gerne weiterhelfen."

Blondel begann die Männer zu verhören. Aber sie schworen Stein und Bein, dass sie nicht wüssten, wer sich unter der Maske verbarg.

„Er hat sich uns nie gezeigt", sagte einer der Räuber. „Wenn er zu uns ins Lager kam, trug er immer diese Maske. Er gab uns Anweisungen und verschwand wieder."

Wütend ließ der Troubadour die Räuber aus dem Zimmer bringen. Er ordnete an, sie im Stall unterzubringen, und stellte dort eine Wache ab.

Als die Gefährten wieder allein mit Blondel waren, grübelten sie gemeinsam darüber nach, wer der schweigsame Anführer sein könnte. Kim, Leon und der Troubadour stellten alle möglichen Theorien auf, um sie dann gleich wieder zu verwerfen.

Nur Julian beteiligte sich nicht daran. Er starrte aus dem Fenster in die Nacht. Warum verkleidete sich der Mann? Andere Anführer zeigten sich gerne, ließen sich feiern und inszenierten einen regelrechten Personenkult. Der Mann mit der Maske war nicht so. Er fürchtete womöglich, dass man seine wahre Identität erkannte. Also war er vermutlich nicht jemand, der nichts zu verlieren hatte, wie ein Gesetzloser. Nein, offenbar stand für den Mann etwas auf dem Spiel, wenn man ihn enttarnte.

Julian schloss die Augen. Er rief sich all das in Erinnerung, was er durchs Schlüsselloch gesehen hatte: den Mann, die Maske, den schwarzen Umhang.

War der Mann klein gewesen? Ja, glaubte Julian. Und etwas dicklich. Auf wen traf das Wenige zu, das er wusste? Wer könnte ein Motiv haben, den Transport zu überfallen, und wer wollte die Räuber anführen, ohne seinen Namen preiszugeben?

Plötzlich hatte Julian einen Verdacht. Es verschlug ihm den Atem. Julian fuhr herum. „Hört mal her!", sagte er aufgeregt.

Ein Verdacht

Der Troubadour, Kim und Leon sahen Julian fragend an.

„Der Erzherzog!", stieß er hervor.

„Wie bitte?", entfuhr es Blondel.

„Leopold hat ein Motiv." Julians Wangen glühten. „Wir haben ihn doch belauscht, als er betrunken war. Dabei hat er gedroht, dass ihm noch so einiges einfallen würde!"

„Ich verstehe kein Wort", gestand der Troubadour.

Julian nickte. „Wir haben einen Streit zwischen dem Kaiser und dem Erzherzog verfolgen können. Leopold verlangte einen größeren Anteil vom Lösegeld, weil er es schließlich war, der Löwenherz gefangen nahm. Das aber lehnte der Kaiser ab. Ich glaube, dass Leopold sich die Beute schnappen will, *bevor* sie die Burg Trifels erreicht! Dann braucht er nicht mehr mit dem Kaiser zu teilen!"

„Was für ein hinterhältiger Plan", sagte Blondel, um gleich zu ergänzen: „Wenn es sich denn wirklich so verhalten sollte …"

Julian war von seiner Theorie überzeugt. „Der Mann trug zwar eine Maske und sagte kein Wort. Aber er war eher klein und dicklich – genau wie Leopold!"

Der Troubadour zog eine Augenbraue hoch. „Das ist allerdings richtig. Und Leopold traue ich alles zu. Aber das ist leider alles noch kein Beweis."

Die Tür ging auf, und zwei Soldaten erschienen. „Wir haben den Mann nicht finden können. Es ist aussichtslos bei dieser Dunkelheit", meldeten sie zerknirscht.

„Schon gut", erwiderte Blondel. „Legt euch hin und ruht euch aus. Wir werden ihn schon schnappen. Immerhin haben wir jetzt dank Julian einen Verdacht. Wir werden jetzt auch versuchen, ein wenig zu schlafen."

Am Mittag erreichten sie wieder die Burg Trifels. Die Wachen am Tor winkten sie durch. Blondel und die Gefährten liefen sofort zu König Löwenherz, der in seinem Zimmer im Bergfried zu Mittag aß und gerade von Isberga bedient wurde. Vor dem König stand eine Platte mit geräucherter Forelle und Brot. In einem Silberbecher mit verziertem Rand glitzerte Rotwein.

„Oh, wie schön Euch zu sehen", flötete Isberga, als sie den Troubadour erblickte.

„Das Vergnügen ist ganz meinerseits", erwiderte Blondel und verneigte sich galant.

Kim verdrehte die Augen.

„Ich wollte ein Lied für dich schreiben", sagte der Troubadour, „aber es ist so viel passiert, dass ich …"

„Genau", unterbrach Löwenherz ihn etwas schroff. „Und das willst du mir doch jetzt erzählen. Singen kannst du nachher."

„Entschuldige", erwiderte der Troubadour. „Nun, wir haben den Transport nicht erreicht. Jedenfalls nicht den richtigen …"

Löwenherz sah ihn durchdringend an. „Ich verstehe kein Wort. Drück dich bitte ein wenig klarer aus!"

Kim war nicht entgangen, dass Isberga sehr interessiert zuhörte. Sie wirkte ausgesprochen neugierig. Dabei gab es eigentlich keinen Grund für sie, sich noch länger im Gemach des Königs aufzuhalten. Doch Löwenherz und Blondel schienen ihre Anwesenheit völlig vergessen zu haben.

Wie dumm!, dachte Kim. Die schöne Magd musste irgendwie hier hinauskomplimentiert werden!

Gerade, als Blondel mit seiner Erklärung beginnen wollte, sagte Kim zuckersüß: „Und, Isberga, gibt es in der Küche nicht viel zu tun?"

Isbergas Gesichtszüge gefroren. „Ich brauche niemanden, der mich an meine Pflichten erinnert", zischte sie.

„Mag sein", sagte der König. „Aber jetzt lass uns allein."

„Sehr wohl", erwiderte die Magd. Als sie an Kim vorbeiging, warf sie ihr einen giftigen Blick zu.

Endlich fiel die Tür hinter Isberga ins Schloss. Kim lächelte in sich hinein. Dann schaute sie sicherheitshalber noch einmal nach, ob Isberga nicht hinter der Tür lauschte. Doch die Luft war rein.

Löwenherz schob die Platte mit dem Fisch beiseite. „Rede", bat er Blondel.

Nun berichtete der Troubadour in allen Einzelheiten. Währenddessen glitt Kija zum König. Löwenherz nahm sie auf seinen Schoß und fütterte sie mit dem Fisch.

„Und ihr glaubt, dass Leopold dahintersteckt?", fragte er, sobald Blondel geendet hatte.

„Ja, vieles spricht dafür", sagte Julian.

„Und Isberga ist seine Informantin", ergänzte Kim. „Der Erzherzog glaubt, dass wir wissen, wo sich der Transport befindet. Isberga soll uns belauschen und ihn informieren!"

Blondel schüttelte den Kopf. „Dazu wäre sie nie in der Lage."

Täusch dich da mal nicht, dachte Kim, hielt aber lieber den Mund.

Nachdenklich massierte Löwenherz seinen roten Bart. „Das sind keine guten Neuigkeiten. Wenn der Erzherzog mit den Räubern gemeinsame Sache macht, wird es für uns nicht leichter. Leopold ist höchst gerissen."

Kija maunzte und stupste den König ganz leicht mit dem Kopf an.

„Oh, ich habe dich vergessen", sagte Löwenherz gedankenverloren und fütterte die Katze weiter.

Einige Minuten lang sagte niemand etwas.

„Blondel, mein Freund", durchbrach der König schließlich das Schweigen. „Ich fürchte, ich muss dich erneut bitten, nach meiner Mutter und dem Transport zu suchen. Du musst sie über Schleichwege zur Burg führen und vor dem Mann mit der Maske beschützen."

Hilflos breitete der Troubadour die Arme aus. „Das will ich gern tun – aber wo soll ich suchen?"

Jetzt wagte Leon, einen Vorschlag zu machen: „Der Tross kann doch nur aus Richtung Nordwesten heranziehen, wenn er aus England kommt, oder? Gibt es denn so viele verschiedene Wege, die er wählen könnte?"

Der König warf ihm einen anerkennenden Blick zu. „Du bist ein kluger Junge", lobte er. „Genau das wollte ich auch gerade sagen. Ich glaube, dass der Tross über das Örtchen *Rinnthal* ziehen wird. Das liegt genau in der richtigen Richtung. Meine Mutter wird sich verkleidet haben, womöglich als Bäuerin. Auch das Geld wird gut versteckt sein."

„In Ordnung", sagte Blondel. „Dort können wir es versuchen. Doch halt: Wie soll ich deine Mutter erkennen? Ich bin ihr leider noch nie begegnet."

Der König stützte das Kinn die Hände. „Das ist wahr. Sie wird sich dir kaum vorstellen." Er begann zu grübeln.

„Ich hab's!", rief er dann. „Es gibt ein Schmuckstück, das sie nie ablegt. Es handelt sich um eine *Fibel*, in die ein silbernes Herz eingearbeitet ist. Die Fibel habe ich meiner Mutter geschenkt – und zwar am 3. September im Jahr des Herrn 1189. Damals wurde ich in *Westminster* zum König gekrönt. Und meine Mutter hat geschworen, diese Fibel nie abzulegen. An diesem Schmuckstück werdet ihr sie erkennen."

Mit gerunzelter Stirn sah Blondel den König an. „Ich hoffe bei Gott, dass der Plan gelingt."

„Er wird gelingen", sagte Löwenherz ernst. „Weil er gelingen muss."

Das silberne Herz

Am nächsten Tag wollte es nicht richtig hell werden. Die mächtige Burg duckte sich unter einem bleifarbenen Himmel. Dicke graue Wolken türmten sich über dem Pfälzer Wald. Immer wieder fiel Schnee, der sich zunehmend mit feinem Regen vermischte.

Kurz vor Mittag kam Wind auf und jagte kalte Böen über den Trifels.

Den Gefährten und Blondel war es bisher nicht geglückt, die Burg zu verlassen. Isberga war immer in ihrer Nähe. Zufällig, so schien es, aber die Freunde ahnten, dass es nicht so war. Immer wieder klopfte sie bei Löwenherz oder Blondel an und fragte, ob sie ihnen etwas bringen dürfe. Häufig schaute sie auch im Stall vorbei, wo Kim, Leon und Julian ihrer Arbeit nachgingen.

Die schöne Magd schien überall zugleich zu sein – lächelnd, fröhlich und höchst aufmerksam.

Doch dann, die Glocke der Kapelle hatte gerade zwei Uhr geschlagen, kam den Gefährten und Blondel ein

Zufall zu Hilfe. Zuerst brachen Kaiser Heinrich und Erzherzog Leopold mit einigen Bogenschützen zur Jagd auf. Nur wenig später rutschte Isberga in der Küche aus und verstauchte sich den Knöchel. Jammernd zog sie sich in ihre Kammer zurück.

Jetzt war die Bahn frei. Schnell sattelten die Freunde und Blondel die Pferde, und ebenso schnell waren sie aus dem Burgtor geritten.

Der Troubadour preschte voraus, dicht über sein Pferd gebeugt. Die Freunde hatten Mühe, ihm zu folgen – vor allem Julian.

„Ich hasse es", stöhnte er während des gestreckten Galopps.

Kim und Leon grinsten nur. Am besten hatte es allerdings wieder einmal Kija erwischt. Ihr Platz war erneut im warmen Wams von Julian.

Während sich Julian darauf konzentrierte, nicht vom Pferd zu fallen, fand Kim die Zeit, die Landschaft zu genießen. Trotz des abweisenden Wetters entfaltete der Wald einen ganz besonderen Zauber. Feiner Nebel kroch die Stämme hinauf und verwandelte manches tief eingekerbte Tal, an dem sie vorbeiritten, in ein Meer aus Watte. Sie ritten unter drohend überhängenden, rötlichen *Buntsandstein*felsen vorbei, sahen Steilhänge, an die sich Bäume mit mächtigen Wurzeln hartnäckig festkrallten, und immer wieder kleine Wasserfälle, an denen sich Eiszapfen in den absonderlichsten Formen gebildet hatten.

Doch als Kim den Blick von der verwunschenen Umgebung losriss und wieder nach vorn schaute, setzte ihr Herz einen Schlag aus. Etwa hundert Meter vor ihnen ragte ein Reiter aus dem Nebel auf, der einen weiten schwarzen Mantel trug. Bewegungslos saß er auf einem Rappen.

„Da … da … !", stammelte Kim.

„Ich habe ihn schon gesehen, bleib ganz ruhig", sagte Blondel. „Mit dem werden wir schon fertig." Er drosselte das Tempo.

Mit dem vielleicht, dachte Kim. Aber der Kerl ist bestimmt nicht allein. Lauerte zwischen den Bäumen etwa die gesamte Räuberbande? Der Blick des Mädchens jagte von rechts nach links.

„Was sollen wir tun?", fragte Leon.

„Zurück!", schlug Julian vor.

Doch der Troubadour schüttelte den Kopf. „Wartet!", befahl er. „Wir dürfen nichts überstürzen." Er zog das Schwert und ließ es angriffslustig über seinem Kopf kreisen. Unheilvoll zischte die Klinge durch die Luft.

Nun kam Bewegung in den schwarzen Reiter. Er gab seinem Pferd die Sporen. Wiehernd bäumte sich der Rappe auf und schlug mit den Vorderhufen. Dann verschwanden Ross und Reiter im Nebel – wie ein Spuk.

„Wer war das?", überlegte Leon laut.

„Niemand, der uns etwas Gutes wollte", erwiderte Blondel düster und steckte das Schwert zurück.

Kim zog die Stirn kraus. „Es wird einer der Räuber gewesen sein", vermutete sie.

„Weiß nicht", sagte Julian. „Scheinbar war er allein. Die Räuber sind doch bisher immer im Rudel aufgetreten."

„Wie dem auch sei", entgegnete der Troubadour, „er ist weg. Und wir müssen weiter. Kommt – aber haltet die Augen offen!"

Wenig später erreichten sie das Örtchen Rinnthal, das sich als eine Ansammlung von Bauernhütten mit einem Gasthaus entpuppte. Blondel fragte in der Herberge nach, aber kein einziger Gast hatte sich dorthin verirrt.

„Nur nicht aufgeben", brummte der Troubadour und schwang sich wieder aufs Pferd.

So ritten sie weiter durch den scheinbar endlosen Wald und hielten sich in nordwestlicher Richtung. Sie blieben wachsam. Aber niemand kreuzte mehr ihren Weg. Der schwarze Reiter schien sich in Luft aufgelöst zu haben.

Gegen Abend erreichten sie schließlich *Trippstadt*, einen Ort, der schutzsuchend unterhalb der Burg *Wi-*

lenstein zu kauern schien. Auch hier gab es ein Gasthaus, auf das Blondel umgehend zusteuerte.

„Wir werden hierbleiben, ganz gleich, ob wir eine Spur von der Königin finden oder nicht", sagte er.

„Gute Idee." Julian taten sämtliche Knochen weh. Er sehnte sich nach einem Bett.

Sie übergaben die Pferde einem Stallburschen und betraten die Schenke. Lärm und warme, stickige Luft schlugen ihnen entgegen.

Der große Raum mit der niedrigen Decke war gut gefüllt. Auf langen, grob gezimmerten Holztischen standen einige wenige Kerzen und warfen ihr flackerndes Licht auf Männer, die aßen und zechten. Es gab Spezialitäten der Region, darunter *Flääschknepp*, Fleischklöße, die in einer Meerrettichsauce schwammen, und grobe Bratwürste. Auf dem Boden lagen Knochen herum, die einige der Gäste einfach dorthin geworfen hatten. Eine Magd trug gerade eine Platte mit *Weck, Worscht un Woi* zu einem Gast.

„Da hinten ist noch ein Platz frei", sagte Blondel und deutete in den hintersten Winkel der Schenke. Der Tisch lag im Dunst, der aus der angrenzenden Küche in den Gastraum waberte.

Jetzt tauchte ein verschwitzter Wirt auf.

„Hast du ein Zimmer für uns?", fragte der Troubadour.

„Ja", gab der Wirt zurück. „Da habt ihr Glück. Ist nämlich ziemlich voll im Moment."

„Das sieht man", sagte Kim freundlich. „Ist wohl eine größere Gruppe gekommen – was?"

Der Wirt warf ihr einen überraschten Blick zu. „Woher weißt du das?"

„War nur eine Vermutung."

Der Wirt nickte. „Stimmt. Die Gruppe ist heute angekommen. Die sitzen da drüben." Er deutete an zwei Tische am einzigen Fenster. „Was wollt ihr essen?"

Der Troubadour bestellte Fleisch, Brot, Obst sowie Bier für sich und Milch für die Gefährten. Auch Kija vergaß er nicht.

Unterdessen ließ Kim den Blick durch den verqualmten Gastraum schweifen. Unauffällig musterte sie die Gruppe am Fenster. Ihr Puls beschleunigte sich. Ganz in der Ecke saß eine alte Frau in einem groben bäuerlichen Gewand, umgeben von einer Gruppe Männer, die ebenfalls wie Bauern gekleidet waren. Vor der Frau stand ein kleiner Zinnbecher. Jetzt streckte sie die Hand aus und nahm den Becher. Dabei spreizte sie den kleinen Finger ab – eine vornehme Geste. Diese Frau war ganz sicher keine Bäuerin. Kims Augen wurden schmal. Trug die Frau etwa eine ganz bestimmte Fibel? Das konnte sie von ihrem Platz aus nicht erkennen. Kurzentschlossen stand sie auf und ging an dem Tisch vorbei. Dabei streifte sie die alte Frau mit einem Blick. Kim stockte der Atem. Das Gewand wurde an ihrer linken Schulter von einer silbernen Fibel mit einem Herz zusammengehalten! Diese Frau musste Königin Eleonore von Aquitanien sein! Sie hatten sie gefunden – die Königin und den Silberschatz!

Flüsternd informierte Kim die anderen.

„Oh, mein Gott, was für ein Glück", sagte Blondel leise. Dann ging er mit den Freunden zum Tisch der Königin. Nur widerwillig machten die Männer Platz. Jetzt saß der Troubadour der Greisin genau gegenüber, während sich die Gefährten dicht hinter ihm hielten. Die Frau würdigte ihn keines Blickes.

„Verzeiht die Störung, meine Königin", flüsterte der Troubadour.

Jetzt schaute die alte Frau hoch, und Kim fand zum ersten Mal Gelegenheit, ihr Gesicht genau zu studieren. Es war oval und zart und von unzähligen Fältchen durchzogen. Eleonore von Aquitanien hatte eine spitze Nase und wachsame, hellblaue Augen, in denen jetzt Argwohn schimmerte. Die Frau mochte über siebzig Jahre alt sein, schätzte Kim.

„Du verwechselst mich", sagte die Greisin.

„Nein", sagte Blondel schnell und nach wie vor gedämpft. „Ich habe Euch erkannt – an der Fibel, die Euch einst Euer Sohn Richard Löwenherz schenkte.

Er ist mein Freund und hat uns geschickt, um Euch zu warnen."

Die Augen der Königin wurden groß. Sie hüstelte und schaute sich nervös um.

„Der Transport ist in großer Gefahr, meine Königin", sprach der Troubadour weiter. „Eine Bande von Räubern hat es auf ihn abgesehen. Richard bat mich, Euch ..."

Weiter kam er nicht. Die Tür der Schenke flog aus den Angeln und krachte in den Gang zwischen den Tischreihen. Eine Horde von bewaffneten Männern stürzte in den Raum. Die Gäste, die gerade noch fröhlich gezecht hatten, waren vor Angst erstarrt. Der Wirt stand mit offenem Mund und einem vollen Tablett in der Hand hinter dem Tresen.

„Oh nein, die Räuber!", schrie Julian.

Kim nickte fassungslos. Der erste Mann trug eine Maske! Direkt hinter ihm war der dicke Wigmar. Kim überkam eine furchtbare Ahnung: Hatten sie etwa die Räuber zur Königin geführt? Hatten die Räuber sie die ganze Zeit über verfolgt? Doch es blieb keine Zeit fürs Nachdenken. Denn der Mann mit der Maske hatte begonnen, sich genau umzusehen. Schließlich ruhte sein Blick auf der Königin. Stumm deutete er mit dem Schwert auf sie – und in seine Männer kam Bewegung.

In dieser Sekunde sprang Kija auf die Fensterbank.

„Gute Idee!" Leon stieß das Fenster auf.

„Schnell, meine Königin, Ihr müsst fliehen!", rief Blondel.

Abrupt stand Eleonore von Aquitanien auf. Furchtlos schaute sie den Räubern entgegen, die auf sie zustürmten.

Da griff der Wirt unvermittelt ins Geschehen ein. Er schleuderte das volle Tablett mitten in die Räuber. Bier spritzte, Tonkrüge zerplatzten, Schreie gellten. Ein Teil der Räuber wandte sich wütend dem Wirt zu, der sich hinter dem Tresen verschanzte und sein Bombardement nun mit Holzbrettern fortsetzte. Einige der Gäste ergriffen die Flucht, andere stürzten sich ins Getümmel. Augenblicklich entbrannte eine wüste Schlägerei. Krachend fiel ein Tisch um. Schemel, Becher und Kerzenständer wurden zu Wurfgeschossen.

„Beeilt Euch!", drängte Blondel unterdessen die Königin. Leon, Kim, Julian und Kija waren bereits aus dem Fenster gesprungen. Sie standen im matschigen Hof und streckten der Königin die Hände entgegen.

„Schnell, zu den Pferden!", rief Leon.

Jetzt spürte er die königliche Hand in der seinen. Mit Julian half er Eleonore von Aquitanien von der Fensterbank herunter. Die Königin raffte die Röcke und lief, gefolgt von Blondel und den Gefährten, auf den Stall zu.

Schon hatten sie das Tor erreicht. Der Troubadour zog es auf.

Hinter ihnen wurden Stimmen laut.

Gehetzt warf Kim einen Blick zurück. Der Mann mit der Maske und einige seiner Männer, darunter Wigmar, waren ebenfalls aus dem Fenster gesprungen. Schwerter und Messer blitzten im matten Mondlicht.

„Gleich haben wir sie!", schrie Wigmar.

Die Freunde liefen mit den anderen in den Stall hinein, der von einer Laterne, die auf der Begrenzung einer Pferdebox stand, schwach erhellt wurde.

„Die Wagen!", zischte die Königin. „Rasch!"

Fragend blickte Blondel sie an.

„Die Wagen mit den Kohlköpfen! Darunter ist das Geld versteckt", sagte Eleonore von Aquitanien mit einer Stimme, der man anhörte, dass sie Gehorsam gewöhnt war. „Wir müssen sie verteidigen, sonst ist mein Sohn verloren – und mit ihm das Königreich!"

Der Troubadour zog das mächtige Schwert Excalibur und stellte sich breitbeinig vor die drei unscheinbaren Wagen mit dem Kohl. Zur Überraschung der Freunde holte die Königin einen Dolch mit einem Griff aus Perlmutt aus ihrem Ärmel hervor. Ihr Gesicht hatte einen harten Zug bekommen.

„Nein, das dürft Ihr nicht tun!", rief Blondel entsetzt.

„Schweig, Sänger!", erwiderte Eleonore von Aquitanien eisig. „Ich bin es gewohnt zu kämpfen. Und noch nie habe ich es so wenig bereut wie jetzt!"

Die Räuber stürmten heran. Sobald sie die Königin inmitten des kleinen Kreises der Verteidiger erblickten, lachten sie höhnisch.

Aus dem Augenwinkel sah Kim, wie Kija einen weiten Satz machte und die Stalllaterne von der Box stieß. Sie fiel auf den harten Lehmboden und erlosch.

„Verflucht!", zischte einer der Räuber. „Aber es wird euch nichts nützen."

„Wir müssen hier weg!", rief Kim.

„Ja, lauft nur!", kam es von Blondel. „Auch Ihr, meine Königin. Ich werde versuchen, die Kerle aufzuhalten!"

„Nichts da!", erwiderte Eleonore von Aquitanien.

Kim sprang nach hinten und wäre fast gegen einen der Wagen geprallt. Sie umkurvte ihn und flitzte in den hinteren Teil des Stalls – in der Hoffnung, dort eine weitere Tür zu finden. Doch da war nichts! Verzweifelt lief sie zurück. Im wenigen Licht, das durch das einzige Fenster sickerte, sah sie, wie der Kampf auf und ab wogte. Ihr Herz raste. Wo waren Leon, Julian und Kija? Das war unmöglich zu erkennen. Ein Schatten kam auf sie zu – ein großer Mann. Kim duckte sich hinter einen Haufen Stroh, krabbelte auf allen vieren weiter, stieß gegen etwas Hartes, ertastete die Speichen eines Holz-rades. Offenbar war sie wieder bei einem der Wagen mit den Kohlköpfen angelangt – und dem Silber!

Plötzlich hatte Kim eine Idee. Ohne groß nachzuden-ken, kletterte sie auf die Ladefläche. Der Geruch von Kohl stieg ihr in die Nase. Und während um sie herum gekämpft wurde, räumte Kim ein paar Kohlköpfe bei-seite. Ihre suchenden Finger spürten Holz. Das Mäd-chen ahnte, dass sie eine Kiste mit Silbermark gefunden hatte. In diesem Moment war der kühne Plan gefasst: Wenn den Räubern der Silberschatz in die Hände fiel – und daran zweifelte Kim keine Sekunde –, dann musste sie dafür sorgen, dass er nicht spurlos verschwand … Kim versteckte sich unter den Kohlköpfen. In der Sei-tenwand war ein Spalt zwischen den Holzbrettern, der es dem Mädchen ermöglichte, einen Blick auf das Ge-schehen im Stall zu erhaschen.

Der Kampfeslärm ebbte ab, und Kim bekam furcht-bare Angst: Hoffentlich war ihren Freunden nichts ge-schehen! Nun flammte ein Licht auf. Jemandem war es gelungen, die Stalllaterne wieder zu entzünden.

Blinzelnd erkannte das Mädchen, dass alle unver-sehrt waren. Kim atmete auf.

Der Mann mit der Maske sagte nach wie vor kein Wort. Aber es war eindeutig, dass er das Sagen hatte. Mit einfachen Gesten lenkte er seine Leute, als seien sie

Marionetten. Und Wigmar war offenbar sein Sprachrohr.

„Das Silber ist wohl auf den Wagen mit dem Kohl, was?", fragte er lauernd.

Er bekam keine Antwort.

„Das haben wir gleich", sagte Wigmar böse und kam auf den Wagen zu, auf dem sich Kim verborgen hatte.

Kim bekam einen Mordsschreck. Jetzt würde der Kerl sie finden!

Die Ladefläche ächzte unter Wigmars Gewicht. Kim rollte sich ganz klein zusammen und hatte Glück – der Räuber suchte an einer anderen Stelle.

„Aha!", rief er schließlich. „Das haben wir uns doch gedacht. Kisten, randvoll mit Silbermark!"

Wieder schwankte die Ladefläche. Kim ahnte, dass der dicke Räuber vom Wagen gesprungen war. Sie hatte Recht, stellte sie Sekunden später fest, als Wigmar wieder in ihrem Blickfeld auftauchte. Nun wurden Blondel, die Königin und schließlich auch Leon und Julian gefesselt. Grob stieß Wigmar sie in eine Pferdebox und ließ sie dort an einem Pfosten festbinden.

„Wart ihr nicht zu dritt?", fragte Wigmar Leon, während er sein unrasiertes Kinn massierte.

„Ja", kam es von Leon zurück. „Aber die ist schon länger weg. Das Leben auf der Burg war ihr zu anstrengend."

Kim blies die Backen auf. Eine sehr gute Antwort!

„Verwöhntes Gör", schnaufte Wigmar. „Aber wen kümmert's?"

Als Nächstes wurden zwei kräftige Pferde herangeführt und an den Wagen angeschirrt.

Na klar, jetzt beginnt die Reise ins Räuberlager, dachte Kim. Schon ruckte der Wagen an. Kim fuhr an ihren Freunden vorbei und hinter den beiden anderen Fuhrwerken her aus dem Stall. Rasch überquerten sie den Hof und erreichten den Wald. Kims Gedanken überschlugen sich. Sie musste ihren Freunden einen Hinweis geben, wo sie war. Denn zweifellos würden sie nach ihr und nach dem Geld suchen. Und plötzlich hatte Kim eine zweite gute Idee an diesem Abend.

Die Höhle

„Wir sind schuld", sagte der Troubadour im Stall. „Weil wir so unvorsichtig waren, haben wir die Räuberbande geradewegs zu Euch geführt, meine Königin. Es tut mir unendlich leid."

„Gräme dich nicht", erwiderte Eleonore von Aquitanien, „sondern sorge lieber dafür, dass wir hier herauskommen."

„Vielleicht kann uns Kija helfen", meldete sich Leon zu Wort. Er rief ihren Namen, was aber gar nicht nötig gewesen wäre, weil die Katze gerade heranglitt.

„Eine Katze?", fragte die Königin ungläubig. „Wie soll die uns helfen?"

„Wartet ab, Majestät", sagte Leon. Er ließ sich auf die Knie fallen und streckte Kija seine gefesselten Hände entgegen. Sofort begann die Katze, an dem Strick zu knabbern.

„Großer Gott, das ist ja unglaublich! Was für ein bemerkenswertes Tier", sagte Eleonore von Aquitanien anerkennend.

Es vergingen keine zwei Minuten, dann hatte Leon seine Hände frei. Er löste den Strick an seinen Füßen und befreite dann die anderen.

„Wir müssen die Räuber verfolgen!", rief der Troubadour.

Die Königin seufzte. „In der Nacht? Das wird schwierig ..."

Sie begann, sich leise mit Blondel zu unterhalten.

Unterdessen sonderten sich Leon und Julian ein wenig ab.

„Wo steckt Kim?", fragte Julian.

„Keine Ahnung", gab Leon zu. Insgeheim fürchtete er, dass Kim beim Kampf oder bei einem Fluchtversuch verletzt worden war. „Lass uns den Stall absuchen."

Doch sie fanden keine Spur ihrer Freundin.

„Das gibt es doch gar nicht", murmelte Leon besorgt, als sie das Stalltor erreichten.

„Schau mal, da liegt ja ein Kohlkopf", rief Julian.

„Na und?"

„Da hinten liegt noch einer, am Ende des Hofs." Julian rannte dorthin.

„Komm her!", rief er Leon zu, der unentschlossen im Tor verharrte. „Hier liegen noch mehr Kohlköpfe. Das ist doch kein Zufall, sondern eine Spur!"

Leon lief zu seinem Freund. „Du meinst, jemand hat absichtlich Kohlköpfe von einem der Wagen geworfen?"

„Klar", erwiderte Julian. „Und da wir Kim nicht finden können, glaube ich, dass sie auf einem der Wagen hockt, die Kohlköpfe runterwirft und uns so zum Versteck der Räuber führen will!"

Leon fiel die Kinnlade herunter. „Na, hoffentlich hast du Recht!"

„Einen Versuch ist es allemal wert!", rief Julian unternehmungslustig.

Sie sausten zu Blondel und der Königin, die bereits in der verwüsteten Gaststube angekommen waren. Rasch informierte Julian den Troubadour von seinem Verdacht.

„Ein verwegener Gedanke, und gerade deshalb gefällt er mir – außerdem haben wir eine Spur", kommentierte Blondel mit blitzenden Augen. Er besprach sich kurz mit der Königin. Sie vereinbarten, dass der Troubadour und die Gefährten der Spur folgen sollten, während die Königin mit ihren Soldaten, von denen einige verletzt waren, in der Herberge blieb.

Nur wenige Minuten darauf ritten Leon, Julian und Blondel in die Nacht hinaus. Kija hatte wieder ihren Platz vorn im Wams gefunden, diesmal bei Leon, weil Julian eine Laterne trug.

„Da ist der nächste Kohlkopf!", rief Julian und deutete auf den Boden. Zudem waren dort Radspuren zu sehen.

Langsam ritten sie voran. Etwa alle zehn Meter stießen sie auf einen weiteren Kohlkopf – und nun war auch der Troubadour überzeugt, dass das kein Zufall sein konnte. Das geraubte Silber musste diesen Weg genommen haben.

Nach zwei Stunden führte die Spur vom Hauptweg auf einen schlammigen Nebenpfad. Feuchte Äste streiften ihre Gesichter. Trotz der Laterne konnten sie kaum noch etwas erkennen. Der Mond verbarg sich hinter mächtigen Wolkenschiffen, die majestätisch über den Nachthimmel zogen.

Wenig später verloren die Freunde die Spur. Einige Stunden irrten sie durch den nachtschwarzen Wald, stolperten über Wurzeln, verfingen sich im Geäst der Büsche und hatten die Hoffnung fast aufgegeben, als Leon zur Erleichterung aller wieder einen Kohlkopf fand, der ihnen den Weg wies.

Im ersten Morgengrauen erreichten sie eine Felswand, in der ein Spalt klaffte. Julian vermutete, dass sie auf den schmalen Eingang einer Höhle gestoßen waren. Hatten sich die Räuber etwa hier versteckt? Sein Herz schlug ihm bis zum Hals. Er ließ seinen Blick über den Boden wandern – noch ein Kohlkopf, außerdem Radspuren, die direkt auf die Höhle zuführten.

„Halt", sagte Julian mit belegter Stimme. „Ich glaube, wir sind da …"

Geräuschlos glitten Julian, Leon und Blondel aus den Sätteln.

„Löscht das Licht", ordnete der Troubadour an und ging mit gezücktem Schwert auf den Höhleneingang zu.

Leon, Julian und Kija hielten sich unmittelbar hinter ihm. Plötzlich stolperte Julian. Er schaute zu Boden und fuhr entsetzt zurück. Er war nicht über eine Wurzel gestolpert, sondern über ein Bein! Fast hätte er laut aufgeschrien.

„Psst", machte der Troubadour und kniete sich hin.

„Ich glaube, das ist einer der Räuber", sagte er zu den Jungen. „Er scheint unverletzt zu sein, soweit ich das beurteilen kann, schläft aber tief und fest. Merkwürdig …"

Nacheinander quetschten sie sich durch den Höhleneingang – und waren überrascht. Denn hier erwartete sie ein schwacher Lichtschein.

„Bleibt dicht hinter mir", sagte der Troubadour, der beide Hände fest um den Griff des Schwerts gelegt hatte.

Keine Sorge, dachte Julian. Seine Beine zitterten.

Schritt für Schritt drangen sie in eine längliche Höhle ein. Von der niedrigen Decke tropfte Wasser herab. Auf dem unebenen Boden hatten sich Eispfützen gebildet. Etwas huschte dicht an Julians Kopf vorbei. Er zuckte zusammen. Bestimmt war das nur eine Fledermaus, dachte er bei sich und versuchte, ruhig zu werden.

Nach wenigen Metern stießen sie auf einen weiteren Räuber. Auch er schlief tief und fest, wies jedoch wie der Mann vor der Höhle keine sichtbaren Verletzungen auf.

Aber wo war Kim?

Unvermittelt übernahm Kija die Führung. Sie huschte an Blondel vorbei. Der Troubadour stolperte der Katze auf dem rutschigen Boden hinterher. Nun weitete sich die Höhle, und sie erreichten eine Art Halle, die von einigen rußenden Fackeln beleuchtet wurde.

Den Freunden stockte der Atem: Überall lagen Räuber herum! Staunend entdeckte Julian auch den dicken Wigmar, der laut vor sich hinschnarchte. Aber vom Mann mit der Maske oder dem Silberschatz war nichts zu sehen.

Blondel ließ das Schwert sinken. „Was ist hier vorgefallen?", fragte er und kratzte sich am Kopf.

„Vielleicht sind die Räuber irgendwie betäubt worden", sagte Julian.

In diesem Moment miaute Kija.

Julian schaute sich um und entdeckte die Katze etwas abseits in einer Nische. Er schaute genauer hin – und

erkannte inmitten der Räuber ein gefesseltes und geknebeltes Mädchen!

„Kim!", rief Julian überglücklich. So schnell er konnte, stieg er über die schlafenden Räuber und befreite sie.

„Das wurde aber auch Zeit!", sagte Kim erleichtert und hustete. „Ich brauche unbedingt etwas zu trinken!"

Blondel reichte ihr die Wasserflasche, die er an seinem Gürtel trug, während Kija um Kims Beine strich und schnurrte.

„Deine Kohlkopf-Idee war genial", sagte Leon. „Aber jetzt erzähl doch mal: Was hat sich hier ereignet? Wieso schlafen die alle?"

„Nicht alle", korrigierte Kim. „Der Mann mit der Maske ist nicht mehr hier! Aber der Reihe nach: Zunächst haben die Räuber die Wagen mit dem Geld vor der Höhle abgestellt und sind darin verschwunden. Nach einiger Zeit bin ich unter dem Kohl hervorgekrabbelt und habe mich in die Höhle gewagt. Mann, die haben vielleicht gefeiert! Der Wein floss in Strömen. Nur der Mann mit der Maske trank nichts. Zunächst habe ich mich gewundert, aber der Grund war ziemlich schnell klar: Im Wein muss ein Schlafmittel gewesen sein, denn nach und nach nickten die Räuber ein."

„Aber warum bist du gefesselt worden?", fragte Julian. „Hat dich der Mann mit der Maske entdeckt?"

„Ja, leider", gab Kim zu. „Als seine Komplizen schliefen, verließ der Mann die Höhle. Dabei kam er an meinem Versteck vorbei und sah mich. Ich hatte keine Chance. Er fesselte mich und türmte dann – mit dem Geld, nehme ich an."

„Sieht so aus", sagte Leon. „Jedenfalls steht vor der Höhle kein einziger Wagen mehr."

„Das wundert mich nicht", erwiderte Kim. „Der Mann mit der Maske hatte offenbar wenig Lust, mit den anderen zu teilen. Und eines weiß ich sicher: Wir haben es nicht mit Erzherzog Leopold zu tun!"

Julian, Leon und Blondel schauten das Mädchen überrascht an.

„Hat der Kerl etwa die Maske abgelegt?", wollte Julian wissen.

„Das nicht", entgegnete Kim. „Aber ich habe ihn sprechen hören. Er näselt. Und da ich die Stimme von Erzherzog Leopold kenne, bin ich mir sicher, dass er nicht der Mann mit der Maske ist!"

Der Troubadour runzelte die Stirn. „Das macht den Fall nicht einfacher. Aber bevor wir weiterspekulieren, sollten wir die Räuber entwaffnen. Ich fürchte, dass sie bald aufwachen könnten."

Umgehend machten sie sich an die Arbeit, trugen Dolche, Schwerter, Bögen und Äxte aus der Höhle. Draußen herrschte jetzt ein kaltes Zwielicht. An einigen

Stellen war die Wolkendecke aufgerissen, zaghaft taste-
ten sich erste Sonnenstrahlen hervor. Der Tag schien
noch zu überlegen, ob er heiter werden wollte.

„Seht mal her!", rief Leon, der sich ein Stück neben
dem Höhleneingang über den Boden beugte. „Hier sind
Radspuren!"

Blondel eilte herbei. „Hervorragend! Lasst uns sofort
die Verfolgung aufnehmen!"

Aber Leon schüttelte den Kopf. „Nein, das sollten
wir besser nicht. Ich glaube, dass hier etwas nicht
stimmt!"

Tiefe Spuren

„Was meinst du?", fragte der Troubadour.

Leon deutete auf die Spur im Schlamm, die an der Höhle vorbeiführte. „Der Abdruck ist nicht besonders tief …"

„Na und?"

Anstatt zu antworten, maß Leon mit seinem Zeigefinger die Tiefe der Spur. Dann stand er auf und lief zum Weg, der zur Höhle führte, und maß die dortige Spur.

„Hab ich's mir doch gedacht!", rief er. „Diese Radspur ist um einiges tiefer. Das heißt, dass der Wagen, der hier entlangfuhr, schwerer war als der, der an der Höhle vorbeifuhr."

Julians Gesicht war ein einziges Fragezeichen. „Was willst du damit sagen?"

„Ist doch klar! Der Mann mit der Maske hat eine falsche Fährte gelegt. Er muss davon ausgehen, dass die Räuber ihn verfolgen. Also will er sie in die falsche Richtung locken. Aber tatsächlich hat er den Schatz woanders versteckt. Das erklärt, warum der Wagen jetzt leichter ist! Vielleicht ist der Mann mit der Maske sogar noch ganz in der Nähe – weil damit niemand rechnet!"

Blondel wiegte den Kopf. „Eine kühne Überlegung. Doch sie überzeugt mich nicht so richtig. Ich will der Spur folgen. Bei Tageslicht und auf diesem ausdauernden Pferd müsste ich den Schurken schnell einholen!"

Doch Leon blieb bei seiner Theorie. „Der Mann mit der Maske will uns in die Irre locken!"

„Na gut", sagte der Troubadour ungeduldig. „Dann werde ich allein reiten. Bleibt ihr hier und wartet auf mich." Schon sprang er auf sein Pferd.

„Warte! Was machen wir, wenn die Räuber aufwachen?", fragte Kim. Sie war müde, hatte Hunger und fror. Was hätte sie jetzt dafür gegeben, in ihrem warmen Bett in Siebenthann zu liegen.

Blondel, Leon und Julian zuckten nur unschlüssig mit den Schultern.

Da hatte Kim eine Idee. „Wir sperren sie ein!"

„Wie bitte?"

„Na klar, die Herren kommen dahin, wo sie hingehören: ins Gefängnis."

Leon tippte sich an die Stirn.

„Hört zu", sagte Kim und erklärte ihren Plan.

Kurz darauf hellten sich die Mienen von Blondel, Julian und Leon auf. Zuerst schleiften sie den bewusstlosen Räuber, der am Eingang gelegen hatte, in die Höhle.

Dann fällten sie mit den Äxten der Räuber einige kleinere Bäume. Einen Stamm rammten sie rechts, einen weiteren links neben dem schmalen Höhleneingang in den Boden. Anschließend schichteten sie die anderen Stämme waagerecht zwischen diesen beiden Pfosten übereinander, bis der Höhleneingang verschlossen war.

„Wer sagt es denn?" Kim freute sich. „Die kommen da nicht mehr ohne fremde Hilfe heraus!"

Dann machte sich Blondel wie geplant auf den Weg. Die Freunde nutzten die Zeit, um sich ein wenig auszuruhen. Doch schon nach einer Stunde nahte Hufgetrappel und die Freunde fuhren herum.

Es war Blondel, der auf dem Kutschbock eines Wagens saß, der von zwei Pferden gezogen wurde. Sein eigenes Ross hatte der Troubadour hinten angebunden.

„Nur Kohl", sagte Blondel bedrückt, als er das Fuhrwerk vor den Gefährten stoppte. „Aber kein Silberschatz. Die Fuhrwerke standen herrenlos auf einer Lichtung."

„Aber wo ist das Geld, und wo ist der Mann mit der Maske?", fragte Kim. „Der Kerl kann sich doch nicht in Luft aufgelöst haben!"

„Wir sollten die Umgebung der Höhle noch einmal gründlich absuchen", schlug Julian vor. „Es muss noch eine weitere Spur geben. Jetzt haben wir doch Zeit zum Suchen – von den Räubern droht keine Gefahr mehr!"

„Vergiss den Mann mit der Maske nicht", entgegnete Leon. „Der ist noch auf freiem Fuß und zweifellos nicht zu unterschätzen!"

Systematisch durchforsteten sie die unmittelbare Umgebung der Höhle. Und Julian war es schließlich, der mehr oder weniger zufällig auf eine Spur stieß. Es waren Fuß- und Hufabdrücke und dahinter eine Schleifspur, die tief in den Wald hineinführte.

„Hier muss er langgelaufen sein!", stieß Julian hervor, als seine Freunde bei ihm waren. „Und die Schleifspur stammt von den Kisten mit dem Silber! Er hat sie von einem Pferd ziehen lassen!"

Blondel klopfte grimmig auf den Knauf des Schwertes Excalibur. „Dann mal los, jetzt holen wir uns diesen Herrn – und natürlich das Silber für Richard Löwenherz!"

Der Täter war keinem Weg gefolgt, er hatte sich einfach ins Unterholz geschlagen, stellten die Verfolger fest. Demnach musste er sich hier gut auskennen. Tiefer und tiefer drangen die Freunde in den Wald ein. Nach einem halben Kilometer entdeckte Leon, der voranging, eine winzige, halb verfallene Hütte, die vielleicht einst Jägern als Unterstand gedient haben mochte.

„In Deckung", zischte Leon und suchte hinter dem Stamm einer Eiche Schutz. Die anderen taten es ihm nach.

Vorsichtig spähte Leon hinter dem Baum hervor. Nichts rührte sich. Aber: Versteckte sich der Mann mit der Maske vielleicht in der Hütte? Hatte er sie schon entdeckt, lag er mit gezogenem Schwert auf der Lauer? Oder hatte er bereits einen Bogen gespannt?

Jetzt rückte der Troubadour vor, er huschte von Baum zu Baum. Schließlich hatte er die Hütte erreicht. Er zog das Schwert. Dann trat er die Tür auf und verschwand im Inneren der Hütte.

Die Kinder hielten die Luft an. Kija lief aufgeregt hin und her. Eine Minute, die den Freunden wie eine kleine Ewigkeit vorkam, verstrich. Doch dann tauchte Blondel wieder auf und winkte sie heran. Er strahlte über das ganze Gesicht.

„Bestimmt hat er das Silber gefunden!", rief Kim und rannte los. Die anderen folgten ihr.

Kim hatte Recht. Der Troubadour führte sie zu mehreren Truhen, deren Deckel offen standen.

„Oh!", entfuhr es Kim. „Was für eine Pracht!"

„Ja!", rief Blondel. „Mit diesem Schatz werden wir unseren König freikaufen können. Wir müssen die Kisten zurück zu den Wagen ziehen. Am besten benutzen auch wir dazu unsere Pferde. Dann fahren wir so schnell es geht zum Trifels!"

„Das werdet ihr nicht!", erklang in diesem Moment eine schneidende Stimme hinter ihnen.

Die Gefährten schossen herum.

In der Tür stand der maskierte Mann, ein Schwert in der Hand. Mit einer schnellen Handbewegung riss er sich die Maske vom Gesicht.

„Ihr seid es?", rief Blondel voller Entsetzen.

Der Volltreffer

„Ja, richtig", sagte der dickliche Mann mit näselndem Tonfall und deutete spöttisch lächelnd eine Verbeugung an. „Johann Ohneland, der künftige König von England! Und jetzt gib mir Excalibur, Blondel."

Der Troubadour rührte sich keinen Millimeter. Aus seinen Augen sprühte Zorn.

Unterdessen überschlugen sich Julians Gedanken. Löwenherz' eigener Bruder stand vor ihnen, er war der Mann mit der Maske, er steckte hinter allem! Das war einfach unglaublich!

„Wird's bald?", sagte Ohneland ruhig zu Blondel und hob drohend das Schwert. „Gib mir die Waffe!"

Nur äußerst widerwillig gehorchte der Troubadour und schleuderte Excalibur vor die Füße des Mannes mit der Maske.

„Tststs", tadelte Ohneland. Mit einer raschen Bewegung hob er das berühmte Schwert auf. „Dieses einzigartige Stück werte ich als kleine Dreingabe für mich", sagte er.

Julian sah die grenzenlose Gier in den Augen des Mannes. „Was wollt Ihr mit dem Geld? Seid Ihr nicht reich genug?", fragte er.

Ohneland strich behutsam über die Klinge der Waffe. „Doch, doch", erwiderte er gedankenverloren. „Aber manchmal ist Geld noch nützlicher, wenn es nicht da ist. Ich habe mir den Betrag genommen, damit das Lösegeld für meinen Bruder nicht gezahlt werden kann. So wird er im Gefängnis bleiben – und ich bleibe König!"

„Das wird Euch Eure Mutter nie verzeihen", tobte der Troubadour. „Ihr bringt Schande über Eure ganze Familie!"

„Mäßige deinen Ton, Sänger", entgegnete Ohneland kalt. „Mein Bruder war es, der Schande über die Familie brachte. Denn er ließ sich von einem dahergelaufenen Erzherzog festnehmen und einsperren wie ein gewöhnlicher Dieb."

Blondel schüttelte wütend den Kopf. „Ihr seid sein Bruder und Ihr steht in der Thronfolge hinter Löwenherz. Ihr habt kein Recht, die Krone zu tragen!"

„Das werden wir ja sehen", sagte Ohneland ungerührt. „Löwenherz wird auf dem Trifels bleiben. Ich habe Heinrich und Leopold über einen Mittelsmann ein Sümmchen angeboten, damit sie ihn länger dort festhalten. Am besten, bis er dort verrottet."

„Ich bete zu Gott, dass Euer feiger Plan misslingt",
sagte der Troubadour angewidert.

„Und die Räuber?", fragte Julian. „Ihr habt sie ange-
führt, nicht wahr?"

Ohneland schenkte Julian ein überhebliches Lächeln.
„Nun ja, so kann man es wohl nennen. Sie waren nütz-
liche Idioten, haben die Drecksarbeit erledigt, weil sie
glaubten, einen Teil des Schatzes zu bekommen. Aber
da irrten sie – ich habe sie im entscheidenden Moment
mit einem Schlafmittel außer Gefecht gesetzt."

Die Gefährten tauschten wissende Blicke.

„Isberga gehörte wohl auch zu Eurer Bande", sagte
Kim jetzt.

„Aber nein!", entfuhr es Blondel.

„Doch, doch, die Kleine hat Recht", widersprach Ohneland ihm. „Isberga war meine Späherin auf der Burg.
Sie trug mir alle Informationen über meinen Bruder und
euch zu. Natürlich ließ ich auch den Brunnenturm über-
wachen. So wusste ich stets, wann ihr den Trifels verlassen habt. Schließlich ahnte ich, dass ihr mich irgend-
wann zum Lösegeld führen würdet. Das habt ihr ja
freundlicherweise auch getan! Das Geld ist hier sicher.
Niemand wird es an diesem Ort suchen. Später, wenn
sich alle Aufregung gelegt hat, werde ich es holen und
dahin bringen, wo es herkommt: nach England. Aber
vorher gilt es noch etwas zu erledigen ..."

„Was habt Ihr vor?", rief der Troubadour bestürzt.

Ohneland zeigte ein wölfisches Lächeln. „Warte ab. Und jetzt raus hier. Wir gehen zurück zur Höhle – und keine Dummheiten."

Mit hängenden Köpfen liefen die Freunde und Blondel durch den Wald. Ohneland hielt sich dicht hinter ihnen – in jeder Hand ein Schwert und bereit, sofort zuzuschlagen.

Kurz darauf hatten sie wieder die Höhle erreicht. Verdutzt schaute Ohneland auf den verbarrikadierten Eingang.

Julian erkannte, dass der Mann scharf nachdachte.

„Ich glaube", sagte Ohneland jetzt, „dass ich euch dazusperren werde!"

„Das könnt Ihr nicht tun!", begehrte der Troubadour auf. „Wir werden dort verhungern."

Ohneland rieb sein Doppelkinn. „Tja, das könnte gut sein. Ich glaube aber nicht, dass ich das besonders bedauern würde."

Julian lief es eiskalt den Rücken hinunter. Dieser Mann schien kein Gewissen zu haben. Julian sah die verängstigten Gesichter seiner Freunde. Sein Gehirn arbeitete fieberhaft. Sie mussten irgendetwas unternehmen! Aber was?

Nervös schwänzelte Kija um seine Beine herum. Julian schaute zu ihr hinunter. Dabei fiel sein Blick auf einen der Kohlköpfe, der keine zwanzig Zentimeter von ihm entfernt auf dem Boden lag. Julian kam eine Idee. Kohlkopf gegen Kohlkopf!

Ohne weiter darüber nachzudenken, bückte er sich. Er wusste, dass er nur eine Chance hatte, nur diesen einen Wurf. Er musste treffen!

„Was machst du da?", fragte Ohneland argwöhnisch.

„Meine Schuhe binden", antwortete Julian. Doch stattdessen packte er den Kohlkopf und schleuderte ihn mit voller Wucht auf Ohneland, der etwa vier Meter von ihm entfernt stand.

Ohneland riss die Arme mit den Schwertern hoch, aber er war zu langsam: Der steinharte Kohlkopf krachte ihm mit hohem Tempo gegen die Stirn. Ohneland schrie auf und taumelte.

Diesen Moment nutzte der Troubadour und griff an. Doch sein Gegner schlug mit Excalibur nach ihm. Blondel wich dem tödlichen Hieb aus, geriet dabei aber ins Straucheln und stürzte. Wieder hob Ohneland die furchtbare Waffe.

„Nein!", schrie Kim.

In dieser Sekunde flog ein weiterer Kohlkopf heran, abgefeuert von Leon. Er sauste gegen Ohnelands Schulter, und Excalibur glitt ihm aus der Hand.

Gehetzt sah sich Johann Ohneland um. Dann ergriff er die Flucht und verschwand erstaunlich schnell im Wald. Das Schwert Excalibur blieb zurück.

„Hinterher!", brüllte Leon, aber Blondel stoppte ihn.

„Nein", sagte er und rappelte sich auf. „Lasst uns lieber das Lösegeld zur Burg bringen, wir müssen endlich Löwenherz befreien!" Dann nahm er Excalibur wieder an sich.

„Guter Wurf, Julian!", sagte Kim anerkennend, als sie wieder zu der verfallenen Hütte eilten.

„Ja, ein echter Volltreffer!", rief Leon.

Julian schwieg geschmeichelt. Beim Kugelstoßen war er eigentlich nie besonders gut gewesen, aber der Wurf gerade … der hatte es wirklich in sich gehabt.

Während Blondel sicherheitshalber beim Lösegeld blieb, machten sich die Gefährten, so schnell es ging, auf den Weg zum Gasthaus, in dem Eleonore von Aquitanien mit ihren Soldaten auf sie wartete. Die Königin dankte den Gefährten überschwänglich. Doch als sie erfuhr, dass ihr jüngster Sohn versucht hatte, die Lösegeldzahlung zu verhindern, konnte die Königin nur mit größter Mühe die Fassung bewahren. Trauer, Wut und Enttäuschung zeichneten Schatten in ihr Gesicht. Dann schickte sie ihre Soldaten zum Versteck und ließ den Schatz aufladen.

„Auf zum Trifels", sagte die Königin, als sie mit Blondel zurückgekehrt waren. „Heute habe ich einen Sohn verloren – dann will ich den anderen wenigstens zurückbekommen!"

Eskortiert von den Soldaten machten sie sich auf den Weg. Auf Verkleidung wurde jetzt verzichtet, schließlich waren die Räuber in der Höhle gefangen. Eleonore von Aquitanien kündigte an, die Räuber aus der Höhle befreien zu lassen, sie dann aber einem Gericht zu übergeben.

Auf dem Trifels wurde der Tross bereits erwartet. Der Burghof war dicht bevölkert. Einige Jubelrufe erklangen, aber in den meisten Gesichtern spiegelte sich nur eine Mischung aus Neugier und Misstrauen. Nur mühsam konnten sich die Freunde, Blondel, Königin Eleonore und die Soldaten ihren Weg bahnen.

Kurz bevor sie den Bergfried erreicht hatten, tauchte plötzlich Löwenherz in der Menge auf. Er strahlte über das ganze Gesicht. Als Erstes verbeugte er sich vor seiner Mutter. „Ich danke dir, dass du gekommen bist", sagte er leise.

Die Königin nahm seine Hände. „Dich aufzugeben würde bedeuten, England aufzugeben."

Kim sah in die Augen der stolzen Frau und glaubte, dort eine kleine Träne zu erkennen.

Nun wandte sich Löwenherz an Blondel und die Gefährten: „Auch euch danke ich für euren Mut und eure Entschlossenheit."

Während die Freunde geschmeichelt schwiegen, erwiderte der Troubadour: „Das war selbstverständlich." Er gab dem König das sagenhafte Schwert. „Es hat mir gute Dienste geleistet, mein König."

„Nun kommt", sagte Löwenherz. „Lasst uns in den großen Saal gehen. Kaiser und Erzherzog werden es kaum erwarten können, euch zu sehen. Oder sollte ich lieber sagen: das Geld?"

Blondel lachte auf, doch die Königin blickte ernst drein. Sie befahl den Soldaten, die Kisten abzuladen und in den Kaisersaal zu tragen.

Heinrich gab sich ganz souverän, als er die Gäste begrüßte. Leopold hingegen war sichtlich nervös. Er wippte auf den Fußspitzen auf und ab.

Löwenherz deutete auf die Kisten. „Wir sollten es hinter uns bringen."

Der Kaiser warf ihm einen scharfen Blick zu. Dann klappte er eine der Kisten auf, registrierte den Inhalt und ließ den Deckel wieder herunterfallen.

„Ihr seid ein freier Mann, König Löwenherz", sagte Heinrich VI. mit einem schmalen Lächeln. „Ich möchte Euch und Eure Mutter heute Abend zu einem besonderen Bankett einladen."

Löwenherz knirschte mit den Zähnen. „Ich glaube, ich habe Eure besondere Gastfreundschaft schon lang genug genossen. Was meinst du, Mutter?"

Ein wenig herablassend musterte die Königin den Kaiser und dann den Erzherzog, der unter ihrem Blick immer kleiner zu werden schien. „Ich ziehe jedes andere Haus dieser Burg, die ein Gefängnis ist, vor", sagte sie eisig.

Die Gefährten sahen, wie das Gesicht des Kaisers rot vor Wut wurde. Aber er beherrschte sich. „Wie Ihr wünscht", sagte er nur.

Die Königin und ihre Gefolgsleute begaben sich wieder in den Burghof, doch Blondel schien zu zögern. Immer wieder sah er sich suchend um.

„Komm, mein treuer Freund", sagte Löwenherz.

„Sag einmal", Blondel trat näher an den König heran, „ist Isberga noch auf der Burg?"

Löwenherz machte ein überraschtes Gesicht. „Du scheinst sie sehr zu vermissen. Aber ich muss dich enttäuschen, mein Freund: Isberga ist scheinbar spurlos verschwunden."

Die Gefährten schauten sich kurz an. Kim schnaufte verächtlich.

Eine Stunde später feierten Löwenherz, seine Mutter, Blondel und die Gefährten im feinsten Gasthaus von

Annweiler das Wiedersehen. Der Wirt servierte die besten Speisen, darunter Hühnchen in einer Honig-Pfeffer-Sauce an Rosenblättern, Kaninchen im Rosmarin-Sud und in Wein gedünstete Bratäpfel. Währenddessen sang der Troubadour und begleitete sich auf seiner Fidel.

„Ach, was für eine unglaublich schöne Stimme!", schwärmte Kim, während sie Kija mit Fleischhäppchen fütterte.

„Ja", sagte die Königin, die Kim gegenübersaß, sanft. „Und wenn wir schon mal bei Schönheit sind: Deine Katze ist auch wunderschön."

Kim lächelte. Gleichzeitig spürte sie, wie sie nervös wurde.

„Keine Sorge, ich will sie dir nicht wegnehmen!", sagte Eleonore von Aquitanien lachend, die offenbar über eine sehr gute Beobachtungsgabe verfügte.

Kim atmete auf. „Was passiert eigentlich mit Johann Ohneland?", fragte sie, um das Thema zu wechseln.

Schlagartig wurde es ruhig am Tisch, und Kim ahnte, dass sie eine Frage gestellt hatte, die alle bewegte.

Eleonore von Aquitanien schwieg eine kleine Ewigkeit. Dann sagte sie leise, aber bestimmt: „Er soll begnadigt werden."

„Wirklich?", platzte Leon heraus.

„Ja", bestätigte die Königin. „Ihn öffentlich zu richten würde noch mehr Schande über die Familie bringen und uns zum Gespött machen. Das kann ich nicht wollen, auch wenn mein Herz eine andere Sprache spricht."

„Das sehe ich auch so", stimmte Löwenherz ihr zu. „Allerdings wird mein Bruder, dieser Verräter, für sein Vergehen büßen. Denn für ihn gibt es nichts Schlimmeres, als wenn ich König bin – und er nicht! Das jeden Tag zu ertragen, wird für Johann die Höchststrafe sein, womöglich ärger als der Tod!"

Blondel hob seinen Becher. „Bei Gott, so soll es sein. Und nun lasst uns feiern. Morgen geht es endlich wieder in die Heimat!"

„Nach Hause", sagte Julian leise zu Leon und Kim. „Das ist eigentlich ein Stichwort. Oder was meint ihr?"

„Ja", erwiderte Kim, während sie Kija hinter den Ohren kraulte. „Der Fall ist gelöst, Löwenherz endlich frei."

Leon runzelte die Stirn. „Dann sollten wir nicht lange zögern, sondern aufbrechen, solange es noch hell ist. Sonst finden wir die alte Stileiche nicht wieder."

Unter dem Vorwand, frische Luft schnappen zu wollen, verdrückten sich die Freunde nach draußen. Zügig verließen sie Annweiler und marschierten in den Pfälzer Wald, der sie einmal mehr mit seinem stillen Zauber in den Bann schlug. Kija sprang voran und führte sie zu der mächtigen Eiche.

„Na dann", murmelte Kim und dachte bei sich: Diese Stimme, die werde ich wirklich vermissen … Sie nahm Kija auf den Arm und blickte die beiden Jungen kurz an.

Als sie nickten, machten die Freunde einen letzten, entscheidenden Schritt auf den alten Baum zu. Plötzlich gab es keine Rinde, keinen Stamm, kein Geäst – nichts, was sie hätte aufhalten können. Die Freunde fielen in ein bodenloses Nichts.

Tempus holte sie nach Hause.

Die königliche Kundschafterin

Na ja, ein Kracher war sie nicht gewesen, die Leistung, die Leon gerade in der Mathearbeit abgeliefert hatte. Gedankenverloren trabte er neben Julian und Kim her. Er seufzte. Wenigstens war die letzte Stunde Chemie ausgefallen. Jetzt liefen die Freunde durch die verwinkelten Straßen des mittelalterlichen Stadtkerns von Siebenthann, der sie ein wenig an Annweiler erinnerte. Sie waren auf dem Weg ins Venezia, der besten Eisdiele auf diesem Planeten, um sich mit mindestens je drei Kugeln Eis für die Mühen des Tages zu entschädigen. Leons Laune hob sich mit jedem Schritt.

Als sie am Rathaus vorbeikamen, erklang Musik. Ein junger Mann stand dort, spielte Gitarre und begann zu singen. In dem aufgeklappten Gitarrenkoffer vor seinen Füßen schimmerten einige Münzen.

„Schöne Stimme", lobte Julian.

„Ja", sagte Kim. „Aber Blondel hat noch viel besser gesungen!"

Leon nickte. „Und kämpfen konnte er außerdem.

Auch wenn die Blondelsage nicht ganz stimmt – dieser Troubadour war ein Held. Also habt ihr Recht gehabt: Nicht alle Troubadoure waren Weicheier."

„Fein, dass du das einsiehst", sagte Kim. „In zwei Wochen gibt es übrigens wieder einen Mittelaltermarkt, diesmal ganz in der Nähe von Siebenthann. Ich habe Plakate gesehen. Wollt ihr mitkommen?"

„Auf jeden Fall!", rief Julian.

„Ich auch!", sagte Leon. Plötzlich hatte er eine Idee. „Vielleicht können wir uns ja auch verkleiden. Wir wissen doch jetzt besser als alle anderen, was man damals trug. Ich werde mir eine Rüstung basteln und als Ritter zum Mittelaltermarkt gehen. Außerdem werde ich mir ein Schwert organisieren. Eines, das aussieht wie Excalibur!"

„Coole Idee. Wir haben eine alte Gitarre zu Hause. Damit kann ich meinen Gesang begleiten", erklärte Julian und warf sich in Pose.

„Lieber nicht", sagte Kim und grinste.

„Sehr komisch!", erwiderte Julian. „Und du – als was wirst du dich verkleiden?"

Da brauchte Kim nicht lange überlegen: „Als Königin!"

Julian verdrehte die Augen.

Leon zupfte an seinem Ohrläppchen. „Fehlt nur noch Kija – was wird aus ihr?"

Kim strahlte über das ganze Gesicht, als sie antwortete: „Ist doch logisch: Sie wird die königliche Kundschafterin! Schließlich findet Kija immer den Weg – und oft genug auch den letzten Ausweg!"

Richard Löwenherz
und der Trifels

Richard I., genannt Löwenherz, wurde am 8. 9. 1157 in Oxford geboren. Er war der dritte Sohn von König Heinrich II. und Eleonore von Aquitanien. Seine beiden älteren Brüder Heinrich der Jüngere und Gottfried starben früh und schieden damit als Thronfolger aus. Löwenherz verbündete sich mit seinem jüngeren Bruder Johann Ohneland gegen den Vater, um selbst an die Macht zu gelangen. Auch die Mutter war auf der Seite der Söhne. 1189 schlugen sie die Truppen von Heinrich II. Zwei Tage später starb der alte König. Der Weg war frei für Richard Löwenherz, der am 3. 9. 1189 zum König gekrönt wurde.

Kurz darauf führte Löwenherz den Dritten Kreuzzug (1189–1192) an. Ziel war es, Jerusalem von den Truppen des Sultans Saladin zu befreien. In der Heimat übernahm Johann Ohneland nur zu gerne die Regierungsgeschäfte.

Unterstützt wurde Löwenherz bei seinem Kreuzzug unter anderem von Erzherzog Leopold V. und Philipp II.

von Frankreich. Doch mit beiden zerstritt sich Löwenherz. Leopold warf ihm vor, ihn um Beuteanteile betrogen zu haben, und kehrte in seine Heimat zurück. Auch
Philipp II. tat dies – allerdings nur, um mit Johann
Ohneland gemeinsame Sache zu machen. Ihr Ziel: Sie
wollten Löwenherz entmachten.

Löwenherz erfuhr von diesen Plänen und brach
den Kreuzzug ab. Auf der Heimreise wurde er am
21.12.1192 in der Nähe von Wien von den Truppen des
Erzherzogs Leopold festgenommen. Deren Motiv: Ra-
che für den angeblichen Betrug während des Kreuzzuges. Leopold war klar, dass er als Erzherzog keinen
König festhalten durfte. Nur ein anderer König oder ein
Kaiser hätte einen König festnehmen dürfen. Also
wandte er sich erfolgreich an den deutschen Kaiser
Heinrich VI. Der Kaiser behauptete, dass Löwenherz
verantwortlich für den Misserfolg des Kreuzzuges sei,
weil er mit dem Feind zusammengearbeitet habe, und
erklärte damit die Verhaftung für rechtens. In Wirklich-
keit wollte er Löwenherz als Faustpfand gegen aufständische Adlige benutzen, die wiederum mit Löwenherz
befreundet waren. Leopold und Heinrich stellten eine
enorm hohe Lösegeldforderung: Unter anderem sollten
100.000 Silbermark gezahlt werden. Außerdem wurde
verlangt, dass Löwenherz Heinrich VI. bei dessen ge-
plantem Feldzug nach Sizilien mit Soldaten unterstüt-

zen sollte. Ferner musste Löwenherz sich dafür einsetzen, dass Leopold trotz seiner Tat nicht exkommuniziert, das heißt aus der Kirche ausgeschlossen wurde.

Es war klar, dass die Lösegeldzahlung England an den Rand des Bankrotts bringen würde. Die Reaktionen in der Familie waren höchst unterschiedlich: Während Löwenherz' Mutter alles unternahm, um die Summe für ihren Lieblingssohn aufzubringen, versuchte Johann Ohneland, die Bezahlung des Lösegelds mit allen Mitteln zu verhindern oder zumindest zu verzögern – denn er wollte an der Macht bleiben. Immer wieder behauptete er, dass das Geld nicht aufzubringen sei. Die Räuberbande, die in diesem Buch auftaucht, hat sich allerdings der Autor ausgedacht.

Unterdessen wurde Löwenherz zunächst an einem geheimen Ort inhaftiert. Der Sage nach soll Löwenherz' Freund, der Troubadour Blondel, ihn schließlich auf dem Trifels gefunden haben. Wie dem auch sei: Belegt ist jedenfalls, dass Löwenherz dort tatsächlich festgehalten wurde. Wie lange genau, darüber streiten die Historiker. Einige sprechen von nur wenigen Wochen, andere halten es für wahrscheinlich, dass Löwenherz bis zu seiner Freilassung am 2.2.1194 dort einsaß. Mit Sicherheit wurde Löwenherz während seiner Haft sehr gut behandelt. Nach der Freilassung kehrte er in einem Triumphzug nach England zurück – und verzieh seinem untreuen Bruder. Lange hielt es Löwenherz jedoch nicht in England. Noch im selben Jahr zog er gegen seinen ehemaligen Verbündeten Philipp II. in Frankreich zu Felde.

Löwenherz starb am 6. April 1199 im Alter von einundvierzig Jahren bei der Belagerung der Burg Chalus an Wundfieber. Er war von einem Armbrustbolzen oder Pfeil am Hals verletzt worden. Nachfolger auf dem Thron wurde sein Bruder Ohneland.

Löwenherz war im Volk sehr beliebt. Der Mann mit den roten Haaren war für damalige Verhältnisse sehr groß (1,86 Meter), belesen und sprach gut Latein. Zudem war er ein sehr guter Kämpfer und guter Feldherr, was ihm den Namen Löwenherz einbrachte. Er ließ sich schon zu Lebzeiten als Idealbild eines Ritters feiern. Dabei benutzte er auch die Artussage. Löwenherz besaß ein Schwert, das er als das berühmte Excalibur ausgab. Das Volk sah Löwenherz als strahlenden, mutigen König.

Doch Löwenherz hatte auch andere Seiten. Er galt als diplomatisch ungeschickt, weil er es sich mit Heinrich VI., Leopold V. und Philipp II. verdarb, und auch als grausam. So wurden auf seinen Befehl während der Belagerung von Jerusalem 3.000 Frauen, Kinder und Greise niedergemetzelt.

Noch einige Worte zur Reichsburg Trifels: Im Jahr 1081 wurde diese prächtige Burg erstmals urkundlich erwähnt. Die Blütezeit der Burg begann im 12. Jahrhundert, vor allem unter den Stauferkaisern wie Heinrich V. und Heinrich VI. Der Trifels war von 1125 bis 1298 zeitweise Aufbewahrungsort der Reichskleinodien, nachdem Kaiser Heinrich V. bestimmt hatte, dass sie nach seinem Tode dorthin gebracht werden sollten. Deshalb hieß es: „Wer den Trifels hat, hat das Reich."

Mit dem Ende der Stauferherrschaft schwand auch die Bedeutung der Burg, ab 1310 wurde sie immer wieder verpfändet. 1525 zerstörten aufständische Bauern große Teile der Burg. 1602 schlug ein Blitz ein, wobei auch der Palas abbrannte. Erst 1841 wurde mit der Restaurierung begonnen. 1866 wurde der Trifelsverein gegründet, der weitere Schäden (unter anderem wurde die Burg als „Steinbruch" benutzt) vermeiden konnte. Im Laufe der Jahrzehnte gelang es, Palas und Bergfried wieder aufzubauen und Reste der Mauer wenigstens zu schützen. Heute ist der Trifels ein Ort, der jährlich rund 100.000 Besucher anzieht.

Glossar

Akkon das heutige Akko in Israel mit rund 46.000 Einwohnern. Akkon wurde vermutlich bereits 1400 v. Chr. gegründet. Im Jahr 1191 n. Chr. wurde die Stadt während des Dritten Kreuzzuges von Löwenherz erobert.

Annweiler Kleinstadt an der Südlichen Weinstraße in Rheinland-Pfalz, heute rund 7.200 Einwohner

Armbrust bogenähnliche Waffe, mit der Pfeile oder Bolzen verschossen werden können

Bergfried Hauptturm einer Burg

Bidenhander Schwert, das aufgrund seiner Größe nur mit zwei Händen geführt werden kann. Länge: 140 bis 150 Zentimeter, Gewicht: 5 bis 7 Pfund

Bindersbacher Tal Tal unterhalb des Trifels, benannt nach dem Ort Bindersbach

Blondel berühmter Troubadour, der mit vollständigem Namen Blondel de Nesle hieß. Er wurde um 1160 n. Chr. geboren, sein Todesjahr ist nicht bekannt, liegt aber nach 1200. Blondel stammte aus dem französischen Städtchen Nesle. Es sind etwa zwanzig seiner Liebeslieder überliefert. Berühmt wurde er durch die Blondelsage.

Brunnenturm Bestandteil der Trifels-Burg, erstes Burgtor, 20 Meter hoch, 7 Meter breit

Buntsandstein rötliche Gesteinsart, die vorwiegend aus Sand und Ton besteht. Buntsandstein findet man unter anderem im Südwesten von Deutschland, zum Beispiel in der Pfalz.

Crux gemmata (lat.) Juwelenkreuz, das die Vormachtstellung des Christentums gegenüber anderen Religionen symbolisieren sollte

Eleonore von Aquitanien Königin von England und Frankreich, Mutter der Könige Richard Löwenherz und Johann Ohneland. Sie lebte von 1122 bis 1204, wurde also 82 Jahre alt (im Mittelalter ein „biblisches" Alter). Sie gilt als eine der mächtigsten Frauen des Mittelalters und wurde auch als „Königin der Troubadoure bezeichnet", weil sie an ihrem Hof Dichter, Musiker und Künstler förderte.

Esse a) Schmiedefeuer eines Schmieds, b) Rauchfang über einer offenen Feuerstelle

Excalibur sagenumwobenes Schwert von König Artus, das seinen Träger unverwundbar gemacht haben soll. Nach Artus' Tod wurde es in einen See geworfen, wo es noch immer ruhen soll. Allerdings behauptete Löwenherz, dass er das Schwert Excalibur besitze.

Fibel (von lat. *fibula*, aus dem Verb fibulare: zusammenheften) eine Spange oder Gewandnadel zum Zusammenhalten von Kleidung, ähnlich der heutigen Sicherheitsnadel

Fidel Im Mittelalter begleiteten sich viele Troubadoure auf der Fidel. Sie hatte fünf Saiten, war etwas größer als eine Geige und ruhte beim Spielen auf dem Schoß.

Flääschknepp Spezialität aus der Pfalz: Fleischklöße in Meerrettichsauce, oft mit Sauerkraut serviert

Gesinde Dienstboten, Personal im Mittelalter

Heinrich VI. deutscher Kaiser, lebte vom 1165 bis 1197 n. Chr.

Johann Ohneland der jüngere Bruder von Richard Löwenherz. Den Beinamen „Ohneland" erhielt er, weil ihm sein Vater, Heinrich II., bei der Aufteilung des Erbes nur kleine Randgebiete zusprach. Johann lebte von 1167 bis 1216 n. Chr. und war von 1199 bis 1216 n. Chr. König von England.

Kettenhemd Teil der Rüstung, das aus zahlreichen ineinander verflochtenen Ringen besteht

Knappe Wenn ein adliger Junge etwa vierzehn Jahre alt war, wurde er der Knappe eines Ritters, der ihm das Reiten und Kämpfen beibrachte.

Latrinenmann niedrige Tätigkeit auf einer Burg. Der Latrinenmann musste die Toiletten (Plumpsklos) sauber halten.

Leopold V. Erzherzog von Österreich, lebte von 1157 bis zum 31.12.1194 nach Chr.

Mundschenk Diener, der im Mittelalter für die Getränke zuständig war

Palas (abgeleitet vom französischen Wort Palais = Palast) Hauptwohngebäude einer Burg zumeist mit mehreren beheizbaren Räumen (= Kemenaten). Dort lebte der Burgherr und empfing seine Gäste.

Panzerkragen Schutz aus Metall für Kopf und Hals eines Ritters

Parierstange Querstück zwischen Griff und Klinge eines Schwertes

Pfälzer Wald Landschaft an der Grenze zu Frankreich, mit 180.000 Hektar Deutschlands größtes zusammenhängendes Waldgebiet

Pirmasens Stadt in der Pfalz, heute etwa 43.000 Einwohner. Im Jahr 860 n. Chr. wurde Pirmasens erstmals als „pirminiseusna" erwähnt. Damals handelte es sich um eine dem Kloster Hornbach unterstehende Siedlung. Der Name geht auf den heiligen Pirminius zurück, der das Kloster gründete.

Prangertshof Platz in Annweiler, wo im Mittelalter Menschen an den Pranger gestellt wurden, die sich etwas zuschulden kommen ließen. An den Pranger musste zum Beispiel ein Bäcker, der zu kleine Brote gebacken hatte. Dieses öffentliche Ausstellen sollte abschreckende Wirkung haben. Es gab sehr unterschiedliche Prangertypen. Man konnte an einen Pfahl oder eine Mauer gekettet werden. Oft mussten die Verurteilten auch ihren Kopf und ihre Hände durch enge Löcher in einem Brett stecken.

Queich längster Fluss der Pfalz, entspringt bei Hauenstein und mündet bei Germersheim in den Rhein. Im Mittelalter war die Queich ein wichtiger Fluss für die Flößerei – zur Beförderung von Hölzern aus dem Pfälzer Wald an den Rhein.

Reichskleinodien Die Reichskleinodien waren die Zeichen oder Symbole der Kaiser und des Heiligen Römischen Reiches im Mittelalter. Dazu gehörten unter anderem Krone, Reichsapfel und Kreuz. Im 12. und 13. Jahrhundert wurden die Reichskleinodien auf dem Trifels aufbewahrt. Die Originale sind heute in Wien zu sehen, Kopien auf dem Trifels.

Richard Löwenherz lebte von 1157 bis 1199 n. Chr. und war von 1189 bis 1199 n. Chr. englischer König.

Rinnthal Gemeinde in der Pfalz, heute rund 700 Einwohner, liegt unterhalb des Hasselkopfs (463 Meter hoch)

Schalmei mittelalterliches Holzblasinstrument mit sieben Grifflöchern

Silbermark Währung im Mittelalter

Sonnenberg 497 Meter hoch, liegt im Pfälzer Wald beim Städtchen Annweiler. Auf dem Sonnenberg erhebt sich die Burg Trifels.

Streitkolben Hiebwaffe des Mittelalters, die einer Keule ähnelt und häufig an der Spitze mit einer Stachelkugel aus Metall versehen war

Trancheur Diener, dessen Aufgabe es war, das Fleisch für seinen Herrn klein zu schneiden und zu servieren

Trifels mittelalterliche Burganlage in Rheinland-Pfalz. Sie liegt oberhalb der Kleinstadt Annweiler auf einem dreifach gespaltenen Felsen und hat daher auch ihren Namen, der „dreifacher Fels" bedeutet.

Trippstadt Luftkurort im Herzen des Pfälzer Walds mit heute rund 3.200 Einwohnern. Trippstadt liegt etwa 15 Kilometer von Kaiserslautern entfernt und entstand Mitte des 12. Jahrhunderts am Fuß der Burg Wilenstein.

Troubadour Sänger, Dichter und Komponist im Mittelalter; oft ein fahrender (also herumreisender) Sänger, der von Burg zu Burg zog, um die Herrscher und deren Hofstaat mit seiner Kunst zu erfreuen. Manche besonders gute Troubadoure brachten es aber auch zu „Festanstellungen" an den Höfen.

Wachthaus Teil der Trifels-Burg. Das Wachthaus liegt dem Eingang zum Bergfried gegenüber. Dort war eine Wachmannschaft untergebracht.

Waffenrock langes, ärmelloses über der Rüstung getragenes Gewand aus Wolle oder Leinen

Wams mittelalterliche Jacke, über der oft eine weitere Jacke getragen wurde. Die Mehrzahl von Wams lautet Wämser.

Weck, Worscht un Woi Spezialität aus der Pfalz: Brötchen, Fleischwurst und Wein (oft als kleine Zwischenmahlzeit gedacht)

Westminster berühmter Palast in London. Der älteste erhaltene Teil ist die Westminster Hall aus dem Jahr 1097. Ursprünglich diente der Palast als Residenz der englischen Könige. Vom ursprünglichen Gebäude ist nur wenig erhalten geblieben, da es am 16. Oktober 1834 bei einem Großbrand fast vollständig zerstört wurde.

Wilenstein Burg im Pfälzer Wald, Mitte des 12. Jahrhunderts erbaut, vermutlich von Kaiser Friedrich I. Anschließend gehörte sie den Herren von Wilenstein. Heute beherbergt die Burg ein Schullandheim.

HC_07_026